講談社文庫

# うちの旦那が甘ちゃんで

## 寿司屋台編

神楽坂 淳



講談社

# うちの旦那が甘ちゃんで

寿司屋台編

# 目次

# 盗賊と寿司

六月が近づくと、朝は沙耶《さや》にとってなかなかに忙しい。なんといっても冬よりも朝が早い。冬と違って太陽の出る時間が早いから、それだけ起き出す時間も早い。夏と冬では昼間の長さも違うから、そのぶん仕事も増えて朝の忙しさも増すのである。

井戸端に行くと、もう近所のおかみさんたちが集まっていた。角寿司《かどずし》の喜久《きく》に夜鷹《よたか》蕎麦《そば》の清《きよ》。高利貸しのお種《たね》。それに銭湯のお良《りょう》もいた。

「おはようございます」

沙耶が声をかけると、みなも頭を下げる。

「今日はしっかり捕まえようと思うんですよ」

喜久が言った。

「まったくですね。わたしも頑張ります」

沙耶も言う。

ここで「捕まえる」というのは鰯《いわし》売りのことである。いまは鰯が旬なので魚屋ではなく「鰯売り」が出る。

鰯のとれたばかりのやつを醬油《しょうゆ》に漬《つ》けて、売りに来るのである。新鮮な鰯だからすごく美味《おい》しい。そのうえ安い。ただし買うのがなかなか難しい。どういうわけかものすごく速く移動するのである。

「鰯ぃぃぃぃぃぃ」

という掛け声とともにやってくるのだが、とにかく「鰯」の「い」くらいで出会わないと駆け去ってしまう。

いったい誰に魚を売っているのだろうと不思議であった。

しかし扱っている魚は抜群である。とにかく美味しいので、どうやって捕まえるかが鍵であった。

「声がしてから追いかけたのでは間に合わないんです」

喜久が真剣な表情になった。

みんなで八丁堀《はっちょうぼり》にある川沿いで待機して、鰯売りの通り道で声をかけるしかない。

「それにしても、いつもの鰯じゃ駄目なのかしら」

「駄目です」

喜久が言った。

「あれはうちの商売に使うんですから」

「鰯ってお寿司になるの？」

沙耶は思わず訊《き》いた。旬の鰯はとにかく保存がきかない。酢も醬油も全部弾いてしまってすぐに傷むのである。

「急がないといけませんがね。もう醬油に漬かってますから、早く寿司にできるんですよ」

喜久が嬉《うれ》しそうに言った。

確かにそう考えると便利である。味もいいに違いない。

沙耶としても、沖漬けの鰯は刺身でも食べられてすごくいい。他の鰯は刺身ではまず食べられないのだ。

そもそも朝から刺身を食べるという贅沢《ぜいたく》をする同心《どうしん》はいない。しかしこの鰯の刺身は朝しか食べられないのである。

「鰯いいいいいい」

遠くで声がした。

「来ましたよ」

喜久が緊迫した声を出した。まさに捕物《とりもの》という雰囲気である。全員で道の真ん中に飛び出して鰯売りを止めた。

「怖い顔しないでくださいよ」

鰯売りは渋々《しぶしぶ》という感じで鰯の入った桶《おけ》を置いた。

「全部ちょうだい」

喜久が間髪《かんはつ》を容《い》れずに言う。

「またですか」

鰯売りが困惑したような表情を見せた。

「また、というのはどういうことですか？」

沙耶は思わず聞いた。沙耶たちはなかなか鰯売りを捕まえられない。喜久は何度も買っているのだろうか。

「最近は最初に出会ったお客さんが全部買っちまうんですよ。そんなに少ない量を商《あきな》ってるつもりもないんですけどね」

確かにここの鰯なら、長屋全員で食べるということもあるだろう。なかなか捕まらないうえに最初の一人が全部買ってしまうのでは、幻の鰯になるのも頷《うなず》ける。

「かといって何匹しか売れませんというのも野暮《やぼ》じゃないですか」

確かにそれはそうだ。魚を売り惜しみするわけにもいかないだろう。

「なので最初の一組にしか売れないことが多いのです」

大変だ、と思いつつ沙耶も買ってしまう。といっても沙耶のは多くはない。月也《つきや》と合わせて四匹である。

「まいどあり」

鰯売りは空になった桶を持って帰っていった。

「もっと仕入れればいいのに」

喜久が残念そうに言った。

「鰯は傷みやすいから、無理なんでしょう」

言いながら沙耶は家に戻ろうとした。一刻も早く月也に食べさせたい。

「あ、沙耶さん」

喜久が声をかけてきた。

「なんでしょう」

「最近さ、妙に屋台の数が多いんだよ」

「屋台の？」

江戸はただでさえ屋台が多い。それが目立つほど多いのだろうか。

「どこかの藩が不景気なんだろうね」

お種が言う。

「うちにも来るよ。地方の人」

「お金を借りにですか？」

「そりゃそうだよ。うちは良心的な高利貸しだからね」

「でも、知らない人にお金を貸して平気なんですか？」

沙耶が言うと、種は笑い出した。

「ちゃんと大家がついてるから平気だよ」

長屋の住人なら、大家が保証人のようなものである。大家に逆らっては仕事にもならない。

だから大家の保証は絶対だった。

「川越《かわごえ》あたりからも人がやってきてるんだよ。こっちのほうが稼げるんだって。といっても行商くらいしかないからね。金を借りに来るのさ」

「それで生活できるのですか？」

「できるよ。朝わたしから七百文《もん》借りるだろ。それを夕方七百七十文にして返す。行商ってのは大体千二百文ぐらいになるからね」

一日で一割というと確かに高利だが、七十文と聞くと安い。一日で四百文稼げるなら生きていくことはできるだろう。

「でも川越からって大丈夫なんですか？」

川越というからには川越藩である。勝手に江戸に出てくるわけにはいかないだろう。

「それは武士の話です。町人はもっといい加減ですよ」

お良も言う。

「人別帳《にんべつちょう》があるでしょう？」

「あんなのはただの目安ですよ。農家の次男とか三男なんかはいてもいなくても同じだから、江戸に出てくるんです」

「でもそれだと家も借りられないんじゃないですか？」

「家っていうのは借りてる一人の身元がしっかりしてればいいですからね。同居人の身分なんか気にしないんです。それに真面目に働いてれば大家が保証人になるから身分ができるんですよ」

そうやって田舎《いなか》から江戸に出てきて暮らすらしい。だから江戸の人口が増えていくというわけだ。

「それにしても、屋台ばかり増えるってどういうことなんでしょうね。ただでさえ屋台だらけではないですか」

「うん。でもさ、どんなに屋台が多くても、こちらも仕事してますからね。なんとなくみんな憶《おぼ》えてるんですよ。それが、最近は知らない顔が増えてるんです」

確かにどんなにたくさん屋台があっても、それなりに顔見知りにはなるものである。

「どんな屋台が増えたんですか?」

「そうだね。まずは麦湯《むぎゆ》だけど。そうそう、うどんが増えたよ」

「うどん? 大坂《おおさか》から来てるんですか?」

「いいや。やっぱり川越あたりですね。あっちはうどんが名物ですから」

川越からたくさん人がやってきているのか。

なんとなく気になった。といってもだからどうというものではないのだが。

とにかく鰯を持って帰ることにした。

台所につくと、食事の準備をする。最近はお手伝いも頼んでいるが、朝はやはり自分で作るほうが楽しい。

「納豆《なっとう》うううううう」

納豆屋がやってくるのを外に出て捕まえる。

「ふたつください」

「あいよ」

納豆を受け取りながら、ふと気になって聞く。

「最近屋台のおうどん屋さんが増えたって本当？」

「本当ですよ。なかなか助かってます」

納豆屋が笑顔になった。

「どういうこと？」

「うどんには納豆がよく合いますから。納豆うどんって言うんですかね。いいお得意様です」

「蕎麦は駄目なのですか？」

「蕎麦は香りが大切じゃないですか。納豆は蕎麦の香りを消してしまうんでね。その点うどんなら大丈夫です」

確かにそれはそうだ。

それにしてもうどんか。今度食べてみるのもいいかもしれない。

そう思いつつ家に戻る。飯を炊《た》きながら朝食の準備をした。

まずは鰯。これは切るだけである。醬油に漬かっているから味を加える必要はない。そしてたっぷりの紫蘇《しそ》を用意する。

いまの時期は紫蘇が美味しい。鰯との相性も抜群だ。そして納豆。今日は叩《たた》いて味噌汁《みそしる》にすることにした。

さらには冬瓜《とうがん》である。この時期は冬瓜も美味しい。

薄く切ったものを塩で揉《も》んだだけで瑞々《みずみず》しいご馳走《ちそう》になる。

準備して居間に行くと月也はもう待っていた。

「おはよう」

「おはようございます」

「うむ。いい匂いだな」

月也は待ちきれないという表情になった。

盆を置くとさっそく手をつける。

「沙耶も早く」

「はい」

一緒になって座る。

「おかわり」

月也が茶碗《ちゃわん》を差し出してきた。

「わたしが座る間にもう食べたんですか」

「この鰯は美味《うま》いな」

月也は笑顔で茶碗を出してくる。おかわりをよそうと、月也はまた飲むような勢いで食べてしまった。

もう一膳渡すとやっと落ち着いたようだった。

月也の勢いを見て鰯が気になり箸《はし》をのばす。口に入れた瞬間に脂《あぶら》の甘みが広がった。

鰯の美味しさは脂の味である。行灯《あんどん》の油に使えるほどの量が身に詰まっている。醤油と脂の旨《うま》みが入り混じってなんともいえない美味しさであった。

これに紫蘇が香りを添えていて、確かに月也がご飯を飲んでしまうのもわかる。

冬瓜もしゃくしゃくしていて箸が進んだ。

「沙耶の飯は美味いなあ」

月也があらたまったように言った。

「どうしたのですか？　突然」

「いや。俺は幸せだなと思ったのだ」

どうやらなにかあったらしい。といっても今朝の出来事ではないだろう。なにか言いたくても我慢していたらしい。

「じつはな。同僚の妻女殿が里帰りしていて、飯を作ってもらえないのだ」

「それは大変ですね。でもなぜ里帰りを？」

「うむ。子供を産むらしい」

「あら、珍しいですね」

子供を産むときは、同居していない場合は両家の親が手伝いにやってくる。どちらかの家に帰るとそれはそれで親同士が喧嘩《けんか》になりもするからだ。

「まあそれはいいのだが、妻女がいないと飯もままならぬ。手伝いを呼んでいるのだが、妻とは味が違うといって面白くないらしい」

「それはわかります」

慣れた味でないとどうにも落ち着かないだろう。

「ところで、最近うどんの屋台が増えているらしいですよ」

「蕎麦ではないのか？」

「ええ。川越のほうから人が流れてきているようです」

「川越か。芋《いも》じゃなくてうどんなのか？」

「そうらしいです」

沙耶も川越の印象は芋であった。船で売りに来るからよく見かける。

「今度うどんを食べてみよう」

月也に言われて頷いた。どんなものなのか興味がある。

「では行こう」

月也とともに奉行所に向かう。

月也が奉行所に入っていった。小者《こもの》の沙耶は中には入れないから、門のあたりをうろうろして時間を潰《つぶ》すことになる。

奉行所のまわりにはそういった小者が何人もいた。沙耶も大分有名になってはいるが話しかけてくる相手は少ない。

やはり女だということで溝はあった。

しばらくあたりを見回してみる。もう六月も間近だから、大分暖かい。月也の服も明日はもっと薄いものにしよう。

明日はまた、川開きでもある。そうなると江戸には夏がやってくる。

しばらくすると月也が慌《あわ》てたように出てきた。表情からすると、なにやら難題を押し付けられてきたようだ。

「沙耶」

「はい。なんでしょう」

「困った」

言われなくても顔を見ればわかる。

「後でうどんでも食べましょうか」

沙耶が言うと月也は大きく頷いた。

「いいな。それに今日はもうこの着物が暑くてかなわない」

月也は手で顔をあおいだ。

確かに今日は少し蒸し暑い。冷たいものが美味しくなるころである。

「いまから行くか」

月也が言う。

「先ほどあれだけ召し上がったでしょう」

「腹が減るようなことがあったのだ」

「わかりました。歩きながら伺《うかが》います」

「では両国《りょうごく》に行こう。それが一番だろう」

「そうですね」

江戸で屋台といえばまずは両国だ。両国の大通りは火除《ひよ》け地なので店を作ることはできない。店はすべて屋台である。

だから両国を見てまわれば、いろいろとわかるだろう。

「困ったこととはなんですか？」

両国のほうに歩きながら月也に訊いた。

「うむ。じつは、屋台泥棒というのが出た」

「盗賊じゃなくて泥棒ですか？」

「そうだ」

「それは珍しいですね」

奉行所は泥棒をあまり取り扱わない。盗賊のような大がかりな犯罪はともかく、泥棒は大家が処理してしまって訴えが出ないことも多いのだ。

訴えがあってももう犯人は捕まっていて、手続きだけということが多い。奉行所がわざわざ泥棒を探すのに力を入れるというのは不思議でもないが異例ではある。

しかもそれを月也に命じるというのもおかしい。本来は隠密廻《おんみつまわ》りの仕事だろう。

「月也さんが困るということは、わけありなのですね？」

「その通りだ」

月也が大きく頷いた。どうやらかなりの無茶を言われたらしい。

「犯人を捕えたいのだが、事件にはしたくないとのことだ」

とんちのようなことを言い出す。

「どういうことでしょう？」

「これが屋台全体に飛び火するのを警戒しているのだ」

そう言われてなんとなく見当がつく。

老中は屋台が嫌いである。庶民が細々と営んでいるものなど全部なくなればいいと思っているのだ。

だから屋台が泥棒を生んでいるなどと聞けば「屋台御法度《ごはっと》」と言い出しかねない。

つまり今回は「手柄を立ててはいけない」ということになる。

そうなると同心も岡《おか》っ引《ぴ》きも真面目にやるはずがない。そこで月也であった。

「金も手柄も手に入らないらしい」

月也に言われて沙耶は思わず笑ってしまった。月也自身金も手柄も欲しがってはいないだろう。沙耶が欲しがっていないのも知っている。

それでもあえて言うのは、多分気のきいたことを言おうとして的外れになってしまったのだろう。

「わたしは手柄やお金のために月也さんといるわけではないですよ」

そう言うと月也は安心したような顔で頷いた。

「今日は両国はことのほか混んでいるだろうな」

月也が照れたように言う。

「明日ほどではないでしょう」

明日は五月二十八日で、両国では川開きである。花火もあがるし、船遊びも本格的になる。

着物も夏ものに替わっていく。

衣替えの時季に入って以降、両国の屋台は薄手の着物を求める人々でにぎわう。

ただどんな泥棒が出るとしても、両国広小路《ひろこうじ》は安全である。なんといっても屋台しかないので、たいして盗《と》るものがない。

そのかわり柳橋《やなぎばし》の向かい側は豊かな町である。狙われるとしたらこちらだろう。

しかし今日のところはまず両国である。一番活気があるし、屋台の種類も豊富である。

「あいかわらず繁盛してるな」

月也が見た方向には握り寿司の屋台があった。ここ数年人気である。両国の与兵衛《よへえ》寿司といえば江戸で知らない人間はいないと言えた。

「俺たちはこちらに行こう」

言いながら歩き出す。両国は朝から市場が立っている。野菜の市場が多いのも両国の特徴であった。

新鮮な野菜があちこちにあるのでつい見てしまう。西瓜《すいか》もそろそろ出てきているころである。いまの時期は小玉の西瓜が中心で、小さいが甘い。

「なにを探しているのだ？」

「西瓜ですよ。月也さんも好きでしょう」

「それは好きだが、いまはうどんだ、沙耶」

月也に言われて我に返る。そういえばうどんだった。

あらためて歩き出すと、確かにうどんの屋台が増えている。両国の屋台ならばまずは蕎麦なのに、うどんが目についた。

蕎麦が流行《はや》らないからではなく、うどんが流れ込んできたという感じである。

「ひとつ食べてみよう」

月也がためらわずに店に入った。

「うどんをふたつくれ。冷たいのをな」

「はいよ」

店主がうどんを出してくる。うどんの上に切った西瓜が載っていた。

「西瓜ですか？」

沙耶が思わず訊いた。

「ああ。うちのうどんはずっしりと重みがあるからね。西瓜と食べるとなんだか具合がいいんだよ」

勧められるままに食べる。

江戸のうどんと違って麵《めん》が硬い。つるつるという感じではない。がっしりと嚙《か》まないと飲み込むことができない感じだ。

そして味が濃い。小麦粉には味があったのだ、ということを感じさせる。

「これは美味いな」

月也が素晴らしい速度で食べていく。顎《あご》の力が違うのだ、と実感させる食べ方であった。

つゆの味も濃い。江戸の蕎麦つゆよりさらに濃厚である。つゆの上に脂が浮いている。脂の味がコクを出しているようだ。

「この脂はなんですか？」

「ウズラさ」

店主があっさりと言う。沙耶はこれまで食べたことはない。ただ濃厚な味は美味しかった。

「すごく味わい深いですね」

「ありがとう。うどんには自信があるよ」

「最近こちらに来られたのですか？」

「ああ。俺は三富《さんとめ》の出でね。飢饉《ききん》には強い土地なんだけどさ。やっぱり江戸のほうが稼げるんだよ」

「米どころなんですか？　三富って」

「反対ですよ。全然とれません。三富ではなかなか田が作れないんですよ」

「それならなにを食べるんですか？」

「うどんと団子《だんご》だ。特に団子だね。所沢《ところざわ》は田が作れないから、陸稲《りくとう》っていう畑でとれる米を食べるんだが。これは味がいまいちでね。粉にひいて団子で食べるのさ」

「なんだか美味しそうですね」

「うまいはうまいよ。醬油味一本さ。まあでも、やっぱり景気は悪いんだ」

「最近このへんはうどん屋が増えたと聞きましたよ」

水を向けると、店主は少しいやなことを訊かれた、という顔になった。

「そうなんだよ。ちょっとな。タチの悪い連中がいるんだ」

「どう悪いの？」

「なんだろう。ごろつきでさ。悪さをするので所沢に居づらくなった連中が江戸に出てきてるみたいなんだよ。俺なんかにはいい迷惑さ」

店主が肩をすくめた。

どうやら最近屋台が増えている理由は、あまり柄のよくない連中とも関係があるらしい。泥棒も働いているのかもしれない。

「ごちそうさま」

うどんを食べ終わると、沙耶は月也とともに屋台を出た。

「今回は簡単に解決しそうだな」

月也が上機嫌に言う。

そうだろうか、と沙耶は思った。そんなに簡単なら定廻《じょうまわ》りか隠密廻りがさっさと片づけている気がする。

わざわざ月也に言うからには、やはり理由がありそうだ。

「もう一軒くらいいくか？」

月也が言う。

「もう入りませんよ」

沙耶が笑って答えると、月也は残念そうな表情になった。

ゆるゆると両国を歩く。両国は屋台においては江戸一番の繁盛である。芝居も人気だが、やはりちゃんとした小屋ではなくて「薦張《こもば》り芝居」という簡易な小屋であった。

「おそーかーりーしー」

芝居小屋の外で舞台のせりふをうなっている芸者がいた。舞台の中のせりふをさまざまな声色《こわいろ》で叫んで客をひくのが木戸《きど》芸者である。

役者は全員男だが、木戸芸者は女と決まっていた。

「あら、沙耶様」

木戸芸者の又吉《またきち》が声をかけてきた。又吉は最近この仕事についた。木戸芸者は声色を使うので、あまり若いとうまくいかない。

母親の弥助《やすけ》が引退したのであとをついだのである。

いかにも色気のある又吉は何種類もの声を出すことができた。

「景気よさそうね」

沙耶が声をかけると嬉しそうに笑った。

「両国の芝居はいつでも景気がいいですよ。ところでどうしたんですか？　お勤めですか？」

「そうなの。最近新顔の屋台が増えたらしいというので見に来たのよ」

「そうですね。確かに増えてます」

又吉は納得したように頷いた。

屋台の監視は同心にとっては重要な仕事である。といっても風烈廻《ふうれつまわ》りがやることは少ないのだが、屋台も火を使うので不自然ではない。

「どんな屋台が増えてるのかわかる？」

「そうですね。麦湯とうどんでしょうか。とにかく突然増えた気がしますね」

「揉め事はないの？」

屋台といっても、勝手に出せるわけではない。そのあたりを仕切っている親分に認められないといけないのだ。

だから新規に大量の屋台が増えるというのはなかなか不思議なのである。

いままで出ていた屋台からも不満が出るだろう。両国の広さが増えるわけではないから、簡単ではない。

「そういや揉めたって話は聞かないね」

又吉も不思議そうな顔になった。

屋台は毎日あがりを得る仕事だから、一日店を出さないだけでも大変である。自分の場所を譲《ゆず》る人間などいるはずもない。

「わけありということね」

屋台の連中が納得する条件が出たということだろう。

「このあたりの元締めって誰なのかしら」

「それなら岡っ引きの慶三郎《けいざぶろう》親分ですね」

「どんな人?」

「人柄はいいですよ。というかまとめる力が強いです。このあたりの香具師《やし》の親分さんですね。最近代替わりしたんですが、評判はいいです」

「優しい人なのですか?」

「ええ。優しいというか、面倒見がいいですね。このへんの屋台のこともしっかりと見てます。みんなが繁盛するようにね」

それは確かにいい親分だ。岡っ引きはなかなかそういう気配りはできないものである。

「一度会ってみたいな」

月也が又吉を見る。定廻りや隠密廻りと違って、風烈廻りは地元の岡っ引きとはあまり接触しない。

「いいよ。連絡してみる。でも明日は駄目だ。川開きだからね。六月に入ったらここに来ておくれ」

「わかりました」

確かに川開きの日の両国は祭りそのものだ。沙耶にかまう暇《ひま》などありはしないだろう。

「深川《ふかがわ》に行ってみましょう」

両国だけに屋台が増えているわけでもないだろう。深川にも行くべきだ。深川なら以前に岡っ引きの金吾《きんご》親分と会っている。

音吉《おときち》にも話しておいたほうがいい。

両国橋を渡る。百本杭《ひゃっぽんぐい》を見ながら歩いていくと、すぐ本所《ほんじょ》である。両国橋のあたりは川の水の量が多いので、流れをゆるくするために無数の杭が打ってある。

いつの間にか「百本杭」と言われるようになっていた。

すっかり慣れている風景だが、地方から来た人には珍しいらしく、何人かが立ち止まって見ていた。

橋を渡った本所では、いままでの喧噪《けんそう》が嘘のような様子である。本所が静かなわけではないが、住宅地だから両国と比べると格段に落ち着いている。

そこから右に向かうと川がある。川沿いに歩いていくと深川につく。

川にはさまざまな船が浮かんでいた。釣り船もあるし、野菜や西瓜を運んでいる船もある。のどかというのはこういう風景のことだろう。

「屋台があるな」

月也が不思議そうな声を出した。

本所はきちんと店を構えているところが多い。回向院《えこういん》のまわりはともかく、川沿いにはあまり屋台は出ていないのである。

それが今日は出ていた。

屋台といっても二種類あって、一人でかついで商いができる簡単な「担《にな》い屋台」と、何人かで組み立てる「屋台見世《みせ》」がある。

今回出ているのはみな「担い屋台」であった。

煮売りもあるし、鰻《うなぎ》もある。うどんもあった。どうやら最近このへんで商売を始めたらしい。

「なにか食べて行こう」

月也がためらわずに言う。

「さっき召し上がったばかりですよ」

「まだ平気だ」

そういって屋台に歩いていく。屋台の店主が少しいやそうな顔をした。

おや、と沙耶は思う。月也はいかにも同心という格好をしているから、店にとって煙たいのはわかる。

そもそも同心が料金を払ってくれるかもわからない。店からするといやな客ではある。しかし屋台の店主の表情は少し違った。

なにか訊かれるといやだな、というような表情だった。

といってもその表情は一瞬だけだった。気のせいかもしれない。

「いらっしゃい」

屋台の主人は柔和《にゅうわ》な笑顔を見せた。沙耶も月也の隣に立つ。

「お兄さんもですか？」

「いえ。わたしはいいです」

沙耶は遠慮する。男装しているから「お兄さん」なのだろう。

「うどんをくれ」

月也がうどんを頼む。

「もりですか。かけですか」

「もりだ」

うどんはけっこうな大盛で、沙耶にはとても食べられそうにない。

「最近ここで商売を始めたんですか？」

沙耶が問いかけた。

「ええ。まあ」

店主はやはり浮かない顔をしている。

「なにか隠し事でもあるような顔ですね？」

思わず訊いた。

「そんなことはないですよ」

店主が力なく笑う。

「このうどんは美味いな」

月也が笑顔を見せた。

「大丈夫だ。こいつはいい奴だ。そうでなければこんな美味いうどんは出せない」

あっさりと言う。

「ありがとうございます」

「ただ人別には載っていないかもしれないな」

月也が言うと店主の顔色が変わった。どうやらこの店主は「無宿人《むしゅくにん》」らしい。だとすると無宿人狩りにひっかかったらおしまいである。

「あの……いくらお支払いすればいいですか」

「このうどんで充分だ。それに誰かのところの居候だろう？」

「はい」

店主が頭を下げる。

「それなら無宿ではないではないか。気にするな」

そういうと月也はうどんをすっかり食べてしまった。

「いくらだ？」

「お代はけっこうです」

「商売なのだから金はとれ」

「十二文で」

「安いな」

月也は十二文払うと、店を出た。

「美味かった。また来よう」

「よく無宿だとわかりましたね」

「最近屋台が増えたということではないか。そう簡単に人別はとれないからな。新しい屋台は大体居候だろう。しかしそれを奉行所に言われると捕まる」

確かにそうだ。幕府は地方から労働者が流れ込んでくるのを警戒している。江戸には仕事があるということで、農家の次男、三男が江戸に流れてくるからだ。

結果として田舎の人口が減り、江戸の人口がふくれあがっているのだ。

だから幕府としては人別帳に載っていない人間を狩り出していた。

月也は風烈廻りだからそういうことには関係ない。それに無宿人狩りなどはとても月也にできるものではなかった。

しばらく歩くと深川である。

「かりんとぅぅぅぅ」

というかけ声が響いてくると深川だ。

なんというか自分の居場所に帰ったようでほっとする響きだった。

「とりあえず牡丹《ぼたん》のところに顔を出しましょう」

沙耶が言うと、月也も頷いた。

「うむ。そうだな」

二人で店に行くと、牡丹が嬉しそうに手を振った。

「沙耶様。月也様」

「あいかわらず繁盛しているな」

月也が声をかける。

「おかげさまで」

牡丹の店は季節の花の砂糖漬けを売っている。吐息の香りがよくなるというので大人気であった。

「今日は百合《ゆり》をとってあります」

牡丹は沙耶のためにいつもとっておきを用意してくれていた。

「ありがとう」

牡丹から百合を受けとって口に入れる。百合の香りと砂糖の甘みが口の中に広がった。牡丹の客の女子《おなご》たちは全員が大人しく沙耶を眺《なが》めていた。

「今日はどんなお役目ですか？」

牡丹が訊いてくる。

「それがね。少し相談があるの」

沙耶に言われて牡丹は嬉しそうに微笑《ほほえ》んだ。

「では店を閉じましょう」

そういうとさっささと店じまいをする。客の女子たちはやや名残《なごり》惜しそうな様子を見せたが素直に帰っていった。

「いいの？　商売の邪魔ではないの？」

「沙耶様たちより大切な用事はありません」

牡丹はあっさりと言う。

沙耶は牡丹に事情を説明した。

「屋台泥棒ですか。なるほど」

牡丹は頷いた。

「それは確かになかなか難しいですね」

「そうなの？」

「そうですよ」

牡丹が大きく首を縦に振る。

「わたしもそうですが、今日からここに店を出すといって出せるものではないです。ちゃんと元締めに話をして許可をとってるんですよ。そうやって場所を借りてるのに泥棒なんかしたらただではすみません。親分の面子《メンツ》は丸つぶれです」

「それはそうよね」

誰がどんな屋台を出しているかは親分がよく知っている。泥棒を働くような人間にそうそうは場所を貸さないはずだ。

案外泥棒も難しいのである。

「では泥棒はどうやっているのでしょうね」

「それを調べるのが沙耶様たちのお役目でしょう」

牡丹が楽しそうに笑った。それから真顔になる。

「それだと金吾親分と話をしたほうがいいですね」

「お祭りを仕切っていた親分さんね」

「そうです。このあたりのことはあの人に聞くのが一番です。あれ？」

牡丹が驚いた表情を見せた。

振り返ると、ちょうどその金吾親分がこちらに向かって歩いてくるところであった。

「お。紅藤《くどう》の旦那。いまちょうど探していたんですよ」

金吾が言う。

「もしかして、屋台のことか？」

「さすが。もうなにか摑《つか》んでいるんですか？」

「まだなにも。なにか食べながらどうだ」

「お供します」

金吾が言った。

まだ食べるのか。と沙耶は事件よりも少しそちらが気になった。

「ここはご挨拶《あいさつ》もかねて鰻といきやしょう。このあたりにはいい鰻屋があるんでさ」

「山口庄次郎《やまぐちしょうじろう》ですか？」

沙耶が言うと、金吾親分は嬉しそうな顔になった。

「お。さすがよく知ってなさるねえ。そこですよ」

「そこなら俺たちもなじみだ。行こうではないか」

月也がいそいそと歩き出す。

あれだけ食べたのにまだ鰻が入るというのはなかなかにすごいと思う。

それにしても気になるのは金吾親分のほうだ。わざわざ牡丹のところにやってきたのは、沙耶たちが牡丹とよく会っているのを知っていたからだろう。

岡っ引きには自分の親分にあたる同心がいる。たいていは定廻りである。にもかかわらず月也のところに来るからには、わけありに違いない。

山口庄次郎に近付くと、一人娘のさきがめざとく沙耶を見つけた。店から沙耶のほうに歩いてやってくる。

「金吾親分こんにちは」

声をかけつつも沙耶のそばにやってきた。

「珍しい組み合わせですね」

さきが四人を見つめる。

「お役目の話なのよ」

そう言うとさきはすぐに納得した。

「では奥の部屋を準備します」

奥に通されると、金吾はすぐに頭を下げた。

「すいやせんね」

「いや。いい。わけありということだろう」

月也が返事をする。

「こんなことはぼんくらの旦那にしか相談できなくて」

言ってから金吾はすぐに口をおさえた。いくらなんでも「ぼんくらの旦那」はないだろう。だが月也は全然気にしない様子で笑った。

「ぼんくらでよい。それで頼みとはなんだ」

「じつは新手の泥棒が出るんですよ」

「そういう話だな」

岡っ引きが同心に泥棒の相談というのはなかなか珍しい。たいていの場合市井《しせい》の情報は岡っ引きのほうが持っているからである。

「泥棒のことなら金吾親分のほうが詳しいのではないですか？」

「ええ。その通りなんですけどね。今回の泥棒はちょいと違うんでさ」

「どう違うのですか？」

「いないんですよ。どこにも」

「いない？」

沙耶は思わず訊き返す。

金吾は渋い顔をして腕を組んだ。

「同心の旦那にこういうのも釈迦《しゃか》に説法ですがね。泥棒は生きてるわけですよ。だからそいつの生活から犯人を割り出して捕まえるんです。ところが今回の泥棒はまったくそういった気配がないんでさ。博打《ばくち》もやらねえ。女遊びの気配もねえんです」

なるほど。と沙耶は思う。

盗賊でもなんでもあぶく銭を手に入れたらなにかしら散財する。そこで足がつくというわけだ。

しかし今回の犯人はこう言ってはなんだが堅実で、堅実泥棒というべきものなのだろう。

「偶然泥棒に入ったところを捕まえるしかないとなると、まず捕まらないんです」

確かにそんな偶然は起こりようもない。

「それで、わたしたちにはどんな用事なのですか？」

「偶然泥棒を捕まえてほしいんです」

「どういうことですか？」

沙耶には意味がわからない。そんな偶然はないといいながらも偶然泥棒を捕まえるというのはなんだろう。

金吾はどう説明しようかという表情になった。

「旦那方は縁起がいいんですよ。だからお願いしたいんです」

「ああ。縁起」

牡丹が納得したように頷いた。

「それはよくわかります」

「わかるの？」

沙耶が牡丹を見る。

「ええ。わかりますよ。縁起がいいというのはとても大切なんです。だからみんなお守りも買うしおまじないもするでしょう」

確かに江戸ではおまじないはとても大切である。暦《こよみ》も縁起かつぎが載っていないとまるで売れない。

幕府が何度禁止してもなかなかなくならなかった。

「ですから縁起の良いお二人の力を借りたいと思ったんです」

金吾の顔はとても真面目で冗談を言っているようには見えない。

「わかった。では一体どのようにすれば良いのだ」

「屋台を引いて商いをなさっておくんなさい。そして泥棒に当たるのを待つんです」

「待ってください」

沙耶は気になっていることを口にした。

「そういえば最近屋台が増えてると聞きました。あれはどうした事なのですか。今までの屋台は消えてしまったのですか」

「ああ」

金吾は大きく頷いた。

「川越にいる兄弟分に頼まれたんです。川越で食い詰めてる連中を一ヵ月だけ面倒見てくれっていうことなんですよ。だから一ヵ月したら連中は消えます」

「今までの屋台の人はどうしたの」

「あっちこっちに散らばってますよ。一ヵ月ぐらいなら場所を変えるのも面白いってことだね。もちろん決まった客が来てくれないと困る店は駄目ですが、特に常連が必要ないような店ならいいってことでね」

「季売りの人たちということかしら」

「そうです。それにもう六月だ。野菜も果物も飛ぶように売れます。だから今月に限っては屋台の場所替えをしてもあまり文句は出ないです。と言っても天下祭《てんかまつり》が終わったら元に戻しますよ」

天下祭というのは山王《さんのう》神社と神田明神《かんだみょうじん》の祭りである。このうち山王神社の祭りは六月の十五日に行われ、江戸の祭りの中でも殊《こと》の外《ほか》賑やかなものである。

「そこまでの間というから認めたんですがね。そいつらの中に泥棒が混じってると俺としても面子丸つぶれなんですよ。かといってやってきた全員を追い出すというのもやりすぎですし」

金吾としては何とか犯人だけ捕まえていいとこどりをしたいというところだろう。

「話はわかりましたが、少しひどい話ではないですか」

牡丹が怒りを交えた声を出した。

「こう言っては何ですが親分は岡っ引きでしょう。同心を捕まえて自分のできなかった捕物を代わってくれって言うのは筋が違うのではないですか」

確かにその通りだ。岡っ引きが同心に頼みごとをするというのは身分としておかしい。しかしそんなことを気にする月也ではない。牡丹もそれはわかっているだろう。

あえて言い出すからには何か考えがあるに違いない。

「良い知恵があるのね」

沙耶が口にすると牡丹は大きく頷いた。

「犯人を捕まえるかどうかはともかく、天下祭まで泥棒が出なければいいんでしょう。それならみんなの面子も守れます」

「どうするの」

「沙耶様が思いっきり繁盛する店をやればいいんですよ。そうしたらどうしたってそこに注目が集まるでしょう」

「それじゃ、かえって泥棒はやりやすくなるんじゃないかしら」

「そんなことはないですよ。これから川開きで、その上天下祭もあるでしょう。泥棒しやすいと言うなら誰が何をしたってやりやすいわけで」

「わたしが繁盛するとどうして泥棒がやりにくくなるの」

「噂になるからですよ」

牡丹が言う。

「銭湯でも茶屋でも沙耶様の話が出るようになるでしょう。そうすれば当然他の屋台の話も出るじゃないですか」

そう言われて沙耶は納得した。

屋台を使って商売をしていれば、身の上話にも突っ込まれるだろう。実際に泥棒をしているとしたら近所の噂に耐えることができない。

江戸の町の日常は噂とおまじないで続いているといってもいい。そこを利用して犯人を脅《おど》かすというわけだ。

「それはいい考えね。しかし一体どんな屋台を出せば確実に儲《もう》かるの。そんなものがあるのならもうみんなやっていると思うけど」

「寿司屋ですよ。夫婦《めおと》寿司をやるんです」

牡丹がきっぱりと言う。確かに寿司であるなら最近人気だし、繁盛はするかもしれない。しかし沙耶も月也も寿司を握ることはできない。

「あれは特別な技量がいるでしょう」

「本格的にはそうですね。でも真似事はできますよ」

牡丹には自信があるようだ。それにしても、泥棒の話は今出たことだ。牡丹が事前に準備していたとは思えない。

「どうしてそんなことを知っているの。屋台の話は前から知っていたの？」

「じつは、看板娘を頼まれているのです」

牡丹はやや困ったような顔をした。

「看板娘……」

確かに牡丹は美しいからうってつけだろう。商売するうえで看板娘がいるといないとでは大きく違うからだ。

「なるほど。牡丹に目をつけるなんてやるわね」

沙耶が言うと、牡丹はさらに困った様子を見せた。

「それなんですが。実は男だって言いそびれているんですよ」

言い方を見ると、相手は牡丹を本当に娘だと思っているらしい。というよりも牡丹は恋をされているのではないだろうか。

「あら。どうするの？」

「どうもこうも。男を好きになる気はないからどこかで本当のことを教えます。ただ、心底いい人なのでどこで教えたものか悩みますね」

牡丹が肩をすくめる。

「できましたよ」

さきが鰻重を四つ持ってやってきた。

「今日の鰻は格別にいいですよ」

言いながら並べていく。部屋の中に鰻のいい匂いが広がった。

「そうなの？　いい鰻が入ったのね」

入ったといってても自分でとってきた鰻を出すのが鰻屋の基本である。今日はいい鰻がとれたのだろう。

「これは美味そうだな」

月也が話もそっちのけで箸を手にとった。

「熱いうちに食べないともったいないぞ」

月也が豪快にかき込みはじめた。金吾も釣られるように食べだす。

沙耶も食べることにした。ふんわりした鰻の甘みが口の中に広がる。川開きのころから鰻は微妙に脂が落ちて来るのだが、今日の鰻はそんなことはない。

濃厚な味がした。

いつもより少し鰻の味が濃い気がする。というよりもたれの味が変わった感じである。

「たれが違うわよね？」

思わず訊いた。

「御名答です。少したれの味を変えました」

「すごく美味しいわ」

「中身は同じでも、たれを変えることでかなり味はよくなります」

さきは嬉しそうに言った。

「うむ。確かに美味かった」

月也が満足そうに言う。

「もう召し上がったのですか？」

「美味しいからな」

「おかわりをお持ちします」

さきが笑いながら言った。

「すまないな」

月也が嬉しそうに言う。

月也の鰻を待っている間に沙耶も鰻を食べ終えた。

「牡丹に看板娘を頼んでいる人もお寿司屋さんなのかしら」

「そうです。といってもちゃんとした握り寿司ではないですけどね。あれなら沙耶様でもできるのではないかと思います」

「どのようなものなの？」

「箱寿司と言われるものです。箱の中に飯を敷き詰めて、その上にタネを載せるんです。ひとつずつの大きさに切れば握り寿司のように見えます」

確かにそれなら作れそうだった。握り寿司ではないにせよ近いものにはなるだろう。

「沙耶様ならすぐに評判になりますよ」

「いや。待て。俺にはできないぞ」

月也が慌てたように言った。

「屋台は無理だ」

大きく首を横に振る。

「町人の真似事は前にもしているが、さすがに屋台は無理がある」

そう言われると確かにそうである。武士は刀を差して生活するように体ができている。だから刀を持っていないと動きが不自然になってしまうのである。

「夫婦寿司っていいと思ったのですが。他の方法を考えましょうか」

「いや……そうだ」

月也が言った。

「沙耶が夫で牡丹が女房というのはどうだ」

月也が、いい案だとばかりに胸を張る。

「それは無理ではないですか？」

さすがに沙耶が言った。

少なくともこの界隈《かいわい》では沙耶も牡丹もかなり有名である。二人で夫婦寿司などやったらそれこそ噂になってしまう。

そう考えて、沙耶はなるほどと思った。

「いいえ、いい考えかもしれませんね」わたしと牡丹なら初日から噂になることは間違いないでしょう。

全身で「犯人を探しています」と叫んでいるような組み合わせである。「なにか事件があったらしい」と噂になるだろう。

「牡丹がよければわたしはいいです」

沙耶が目を向けると牡丹は戸惑ったような表情を見せた。

「わたしが沙耶様の嫁ということでしょうか？」

「ええ」

「お二人はかまわないのですか？　わたしが沙耶様の嫁でも？」

「なにか問題なのか？」

月也が不思議そうにいう。

「どういえばいいのでしょう」

牡丹が眉間《みけん》にしわをよせた。

確かにいきなり夫婦ごっこをしろ、と言われても困ってしまうだろう。強引すぎて牡丹には迷惑に違いない。

「ごめんなさいね、牡丹。でも牡丹と夫婦ごっこは楽しそうだったから残念ね」

沙耶が言うと、牡丹が慌てて両手を振った。

「違うのです。いやなのではないです。ただ、お二人はご夫婦じゃないですか。そこに割り込んではご迷惑かと思いまして」

「全然迷惑じゃないわ。よかったらお願いしたいの」

「そうだ、牡丹。泥棒をなんとかしたいのだ」

沙耶と月也が言うと、牡丹は静かに頷いた。

それから床に両手をつく。

「ふつつか者ですがよろしくお願いいたします」

「こちらこそ」

沙耶も挨拶する。

「それにしても、わざと噂の的になるというのはなかなかですね」

金吾が感心したように言った。

「こいつは俺も見習わないといけないな」

「金吾親分がですか？」

沙耶よりもよほど経験がある親分だけに意外な言葉だった。

「ええ。あっしらはね。噂の出所をつきとめたりはしますよ。でも今回は噂を自分で操ろうって話ですからね。いい作戦です。そう簡単にはできませんけどね」

「噂というならみんなも協力してくれるでしょう」

沙耶組に声をかければいい。

「俺はさりげなく見廻りをする」

月也はきっぱりと言った。

「ではそろそろ行こう。俺は一度奉行所に戻るから、沙耶は音吉のところに行っていろいろ頼んでくれ」

「はい」

音吉にも相談しておくほうがいい。

店を出ると、沙耶は牡丹とともに蛤町《はまぐりちょう》に向かう。蛤町には芸者の長屋があって、音吉はそこに住んでいた。

「こんにちは」

声をかけて中に入る。

「いらっしゃい」

おりんとおたまが迎えてくれる。二人ともそろそろ一本立ちと言いつつも、まだ音吉のところに住んでいた。

吉原《よしわら》と違って深川芸者だから、何歳までにどうするという決まりはない。だからまだ三人で仲良くといった様子であった。

「音吉は？」

「二階です。起こしてきましょうか」

「いいのよ。しばらく待っているわ」

芸者は夜が遅い。まだ寝ていてもおかしくなかった。

「起きてるよ。おはよう」

音吉が沙耶の声を聞きつけたのか二階から降りてきた。

「おはよう」

「なにかあったのかい、沙耶。牡丹まで連れてきて」

「牡丹と二人で屋台をやることになったの」

「面白そうなことを言うね」

音吉が目を輝かせた。

沙耶が泥棒のことを話すと、音吉は興味深そうな顔になった。

「泥棒がいない、っていうのは確かに不思議だね。最近やってきた川越の連中が疑われるのもわかる。だけどそいつらじゃない気がするよ」

沙耶もその考えには賛成である。

もしも川越の人たちの中から泥棒が出てしまうと、川越というだけでもう屋台が出せなくなるかもしれない。いくらなんでもそんなことはしないのではないか。

むしろ川越の人たちに罪を着せられると思ってやっている人間がいるような気がした。

「芸者仲間にも噂は撒《ま》いといてあげるよ。あたしも少し手伝ってみたいもんだねえ」

「それならお客様として来てくれるのが一番いいと思います」

深川で名の売れている音吉が客として来るならいい噂になる。

「当然だね。それはそうとして沙耶。明日は時間あるかい？　あるよね」

音吉がにじり寄ってきた。

「どうしたのですか」

「明日は川開きじゃないか。船の上で座敷があるんだよ。沙耶も芸者として座敷に上がってくれないかな」

音吉が嬉しそうに言う。

「あたしの相方として沙耶なら安心なんだよ」

「またですか。でもわたしは芸はできませんよ」

「客の隣でお酌《しゃく》をしてくれるだけで十分さ」

音吉には普段から世話になっているし、座敷で酌するぐらいのことなら造作《ぞうさ》もない。

「いつもの旦那様ですか」

「それが違うんだよ。今回はうちの旦那は用事があってあたしを呼べないのさ。その代わりに付き合いのある店の人を紹介してくれたんだよ」

芸者は体を売るわけではないから、気に入った芸者をいい客に紹介するというのは割とあることである。

音吉は様々な人に紹介されて深川でも名の売れた芸者になっている。

それだけに相手の顔を潰さないようにしっかりとした芸を見せていた。

「沙耶なら間違いの心配もないからね」

「そうですね」

芸者の間でも客の取り合いはあるし、揉め事もある。だが沙耶と音吉なら問題が起こることはないだろう。

「わかりました。お受けします」

「ありがとう。じゃあ、明日は柳橋に来ておくれ」

「わかりました」

柳橋には船着場があって、川開きの時に遊ぶ船はそこから出る。

「遊山船《ゆさんぶね》ですか？」

「そうだよ」

「それは楽しそうですね」

蒸し暑くなってくるこの時期には船の上が一番である。どのような座敷かはわからないが面白そうではある。

「茶問屋の人が座敷を立てるみたいなんだ」

「それもいいですね」

お茶は高いものから安いものまで江戸の人間の友である。お茶の話も訊いてみたかった。もしかしたら寿司屋の参考になるかもしれない。

「では準備もあるから、昼ごろ柳橋の『かわむら』に来ておくれでないかい」

「かわむら」は柳橋の料亭の中でも遊山船に力を入れている。柳橋ではけっこう珍しい店であった。

柳橋の料亭はなかなか頑固《がんこ》で、新しいことは好きではない。だから船を出すというようなことはほとんどしていなかった。

「新しいことをして儲ける」というのが金目当てみたいで嫌いらしい。だから船というと柳橋ではなくて深川の音吉が出張っていくというわけだ。

「わかりました。では明日よろしくお願いします」

「牡丹も来るかい？　男だってばれることなんてないと思うよ」

音吉が声をかける。

「え。いいのですか？」

牡丹が嬉しさを隠せない声を出した。

「女の姿で遊べるのなんてもうわずかの時間だろうからね。楽しみな」

「はい」

牡丹が頷く。

「それで屋台っていうことは金吾親分には話したのかい？」

「はい。先ほど」

「それならいいね。いつからやるんだい？」

「まだ決まってません。屋台を準備しないといけないし、料理も作れるようにならないといけませんからね」

そういえば、寿司を作るのは沙耶の役目ということになる。どうやって作るかは角寿司の喜久に訊いたほうがいいだろう。

「わたしは明日の準備をします。屋台もよろしくね、牡丹」

「はい」

「では明日」

沙耶はとにかく喜久を捕まえることにした。

川開きの前だから、両国はむしろ避けて少し静かなところで寿司を売っているかもしれない。気温が高いと寿司が傷みやすいから涼しい場所にいる気がした。

角寿司というのは握り寿司の行商だから、本格的な食事ではない。歩いていて「ぽん」と口の中に放り込めるのがいいところである。

一口半という大きさで、女には少し大きすぎるから客の大半は男である。

このへんだと海辺大工町《うみべだいくまち》あたりにいるかもしれないと思い立つ。海辺大工町は名前の通り船大工の町である。

江戸の町で船大工といえば仕事が途切れることのない職業のひとつだ。江戸はさまざまな船が通行しているから、とにかく数が欲しい。

といっても誰でも作れるわけではない。そのうえどんな船でも幕府の許可がいるから、船が壊れたから明日一艘《そう》くれ、などというわけにはいかない。

だから雨が降らない限りは一年中仕事をしているのが船大工であった。

おまけに川開きに新しい船で遊びたいという客が何ヵ月も前から予約しているから、いまごろは死にそうだろう。

今日受け渡さないといけないからだ。

ちゃんとした食事よりは角寿司などのほうがありがたいに違いない。

思った通り喜久は寿司を売っていた。行列ができているところを見るとかなり繁盛しているようだ。

他にも角寿司はいたが、喜久の寿司は格段に売れている。

「もう売り切れだよ。また後で来るから待っててておくんな」

そう行列に声をかけると喜久が沙耶のほうを向いた。

「あら、沙耶さん。どうしたんですか？」

「喜久さんを探していたのです」

「事件ですか？」

喜久は慣れた感じで訊いてきた。確かにわざわざ喜久を探すからには事件がらみには違いない。歩きながら話を続ける。

「そうなのです。それにしてもよく売れていましたね」

「今日はこの町で売るための寿司を作ってるからね。うちの亭主は次を作るのにひいひい言ってるだろうよ」

そういって喜久は笑う。

「この町のためのお寿司ですか？」

「そうですよ。ここは船大工の町だから、みんないつも汗をかいてるんですよ。だからわたしゃ沙耶さんには食べられないくらい塩と砂糖を入れるんです」

「そんなにですか？」

「他の寿司屋は、他の町でも売れるようなものを持ってきてるんですけどね。うちはこの町用の寿司を作るから人気なんです」

あっさりと言ったが、喜久がいかにいろいろ考えているかよくわかる。

「といっても味のことをやっているのは亭主なんですけどね」

喜久が楽しそうに笑う。いかにもいい夫婦という感じで沙耶も微笑ましい。

「じつは、お寿司の屋台を出すことになったんです。それでわたしにも作れるお寿司を知らないかと思って」

「沙耶さんが屋台ですか？」

喜久は目を丸くしたが、すぐに納得したようだった。

「そうですね。寿司はいま流行ですからね。いいのではないでしょうか」

「もし商売仇《がたき》になるならすいません」

沙耶は頭を下げた。

「全然なりませんよ。気にしないでください」

「それならいいですけど」

「屋台と角寿司は全然違うんですよ」

喜久が言う。

「そうなのですか？」

「まず客が違います。屋台の寿司よりももう少し手軽なのがうちですから」

それから喜久は桶を沙耶に差し出した。

「うちの寿司で満腹になろうなんて人はそういないですよ。絶対にいないとまでは言いませんが、たいていは次の食事までのつなぎです。でも屋台のはお腹をいっぱいにするための寿司ですから。役割が違うんです」

そう言われるとそうかもしれない。それなら沙耶も安心できるというものだ。

「でも寿司をいきなり作るのは大変でしょう。飯はこちらで用意しますよ。酢の塩梅《あんばい》が大変ですからね」

「ありがとう。そうね、寿司はお酢を使うものね」

「最近は寿司用の酢もありますから」

「そうなの？」

「ええ。尾張《おわり》から入ってくる赤酢《あかず》というものを使うんですよ。これを使うと寿司の味がぐんと引き立つんです」

「ではお願いしようかしら。頼ってしまうようで申し訳ないけど」

「いいですよ。うちも助かります」

「助かるの？」

「はい。じつは角寿司を続けるか、屋台に変わるか悩んでいたのです。沙耶さんの手伝いをすることで気持ちを決められそうです」

「あんなに繁盛してても考えるのね」

沙耶からすると、喜久ほど繁盛していればそれ以上は必要ないような気がする。それでも新しいことをやりたいものなのだろうか。

「繁盛しててもそう儲かりませんよ。角寿司の寿司は一個四文ですからね。それに比べると握り寿司は八文ですから。材料が同じなのに儲けが違います」

「それは確かに大きいですね」

喜久は沙耶と一緒に八丁堀のほうまで戻ってきた。

「じゃあまた売りに行ってきます」

喜久はそういうと家に戻っていった。沙耶も一度家に戻る。

庭に出ると鉢植えの紫陽花《あじさい》が咲き誇っていた。月也が全然活躍しなかったころはこの紫陽花を売って生活を支えていた。

いまはこれを売らなくても生活はできるが、沙耶の鉢植えを気に入ってくれている客も多い。初心を忘れないためにも育てるのをやめることはしなかった。

霧吹きで丁寧《ていねい》に鉢植えに水を吹きかけていく。そうするとなんだか花が喜んでいる気がした。

明日は川開きか、と思う。両国のあたりは花火もあがるし、とにかくごった返す。同心は定廻りはともかく、隠密廻りも臨時廻りも風烈廻りも祭礼廻りも両国にいる。

それだけ人出が多いということだ。

本来は沙耶も月也とともに両国にいるべきなのだが、遊山船にいるのではどうにもならない。月也は小者抜きでも平気なのだろうか、と心配になった。

だがなんとかするだろう。

それに特別な役回りを与えられるかもしれなかった。

こまごました家事をしながら月也を待つ。今日はなにか美味しいものでも作ろうと思った。しばらくは寿司が続くかもしれないから、火を通したものがいい。

昼は鰻だったから、少しあっさりめがいいのだろうか。しかしここ数日月也はよく食べる。沙耶でも驚くくらいだから多めに作ったほうがいいのだろう。

梅雨《つゆ》も明けて湿気がなくなってきたから食べるものが美味しい。だとすると味は濃いほうがいいのかもしれなかった。

ここは日本橋《にほんばし》に出て魚屋のかつに相談してみようと思う。なんでもその道の人に訊いたほうがいいに決まっている。

出かける支度《したく》をざっとすませると日本橋に向かった。

毎日歩いていても、八丁堀から日本橋に出てきた時の空気の変わり具合は心が浮き立つものがある。

住んでいるだけに八丁堀は落ち着くのだが、日本橋に来るといかにも活気にあふれている空気がいい。

橋を渡ってかつの店に行く。かつは店先で元気に魚を売っていた。

「いらっしゃい、沙耶さん。今日はいいのが入ってますよ」

かつが声をかけてきた。

「それなんだけど。月也さんが最近よく食べるの。なにを買えばいいかしら」

沙耶が言う。

「ああ。いまいい季節ですからね。鯵《あじ》はどうですか」

かつが答える。

「焼くのがいいかしら」

「そうですね。少し多めに買って行って、焼き味噌作りと行きましょう」

「それは何？」

「鯵を焼いて、身をほぐしてから味噌と紫蘇で和《あ》えるんですよ。ただし気をつけてくださいよ、こいつは何杯でも飯が行けますからね」

確かに美味しそうだ。そして飯も進みそうである。

「こいつを食べる時ね、少し七味を振りかけてやると酒にも合いますよ」

「わかったわ。では鯵をいただくわね」

言われる通りに買い物をすると、今度は八百屋《やおや》に向かう。紫蘇を買うならついでに他のものも買って行こうと思う。

かつのいる音羽町《おとわちょう》から青物町《あおものちょう》へと向かう。名前は青物だが別に野菜の町でもない。

それでも八百屋はあるから、買物には都合がよかった。

「こんにちは」

青物町に入ってすぐの「八百松《やおまつ》」という店に顔を出した。ここは夫婦と息子、娘の四人でやっている店で、品ぞろえもなかなかいい。

「紫蘇が欲しいのです」

声をかけると、息子の松吉《まつきち》が大きく頷いた。

「かつさんの店で鰺を買ったんですね」

「よくわかるわね」

松吉は二十四歳。よく気が回るので近所でも評判がいい。

「うちの店に来て最初に紫蘇っていう人はたいていい鰺を買ってますからね」

松吉は声をたてて笑った。

「そして七味をかけろって言われたでしょう」

「ええ」

「俺から言わせると、それは少し甘いですね。鰺と紫蘇と味噌なら、少し辛子《からし》を混ぜてやったほうがいいんです」

「そうなの？」

「ええ。いい鰺は脂がのってるじゃないですか。七味よりも辛子のほうが味を引き立てる感じがします。そしてこれですよ」

松吉は緑色の胡瓜《きゅうり》を出してきた。

「これがいいんです」

「それは胡瓜なの？　緑色をしているけれど」

「走りのやつでね。まだ黄色くなってないんですよ。でもこっちのほうが皮も柔らかくてね。鰺と合わせると最高ですよ」

「どうやって食べるの？」

胡瓜は黄色くなったものを漬物にするか、煮るのが普通である。緑色のものだとどうなのだろう。

「細かく刻んで鰺に混ぜてください」

「わかったわ」

松吉から胡瓜と紫蘇を受け取ると、あらためて家に戻った。

夜になって月也が帰ってきた。

「ただいま」

月也の声がした。声の様子は疲れていない。むしろやや弾んでいた。どうやらいいことがあったらしい。

「お帰りなさい」

出迎えると、月也は少し嬉しそうな様子で笑顔を見せた。

「筒井《つつい》様に褒《ほ》められたぞ」

「よかったですね。どうしたのですか？」

「今回のことは俺たちにしかできないそうだ」

屋台に関しては確かにそうだろう。他の同心に真似出来るとは思えない。しかしそれだけで褒めてくれる奉行でもない気がした。

「他にもなにかありましたね？」

沙耶が訊くと、月也は大きく頷いた。

「おう。川越から人が来て屋台を出してるが、あいつらはいい奴だと言っておいた。そうしたら褒められたのだ」

月也はおそらく真っすぐに思ったことを言ったのだろう。そして筒井も内与力《うちよりき》の伊藤《いとう》も、川越からやってきて犯罪をして帰るというのは安直だと思ったのではないか。

あいつらはいい奴だ、というのは案外いい言葉である。同心や岡っ引きが屋台をゆすって金をせしめるのを止められるからだ。

「余計なことをするな」

と言いやすくなったに違いない。

同心も岡っ引きも少し心根が曲がった人が多いから、月也のような人間は貴重なのだろう。

「では食事にしますね」

そう言うと沙耶は用意にとりかかった。

言われた通りに鰺を焼く。鰺の刺身を味噌で和えるというのは漁師の料理らしい。

しかし今日は焼いた鰺をほぐして使う。

湯気の出る鰺を味噌で和えるときに少し芥子を混ぜた。

それから胡瓜を細かく刻んで加える。

味噌汁には薄く切った冬瓜を入れた。

そして胡瓜を一口大に切って軽く塩で揉んだものを用意する。やはり辛子を添えた。

鰺は思ったよりも量がある。

二人分にしても少し多いかもしれないと思いながら持っていく。

「お。これはなんだ」

「鰺の味噌和えです」

「美味そうだな」

月也はすぐに箸を手にとった。飯をかなり多めに盛って渡す。月也が素早く食べ始めた。

「これは美味いな。沙耶も早く食べないとなくなってしまうぞ」

月也に言われて沙耶も食べる。焼いた鰺の旨みを味噌が引き立てる。辛子のぴりっとした刺激が心地よかった。

月也があっという間にご飯を平らげる。今日はかなり多く炊いてあるから量が足りなくなることはないだろう。

「明日は川開きの遊山船に乗るつもりです」

「音吉とか？」

「はい」

「うむ。頑張ってくれ。屋台はどうだ？」

「喜久さんが手伝ってくれます」

「みんないい人たちだな」

月也が食べながら頷いた。

確かにみんないい人である。だからこそみんなを守っていきたいのだ。

「しばらくは屋台で留守にしますね」

「うむ。わかっている」

沙耶と離れるわりには月也は平気そうである。いつもの月也とは少々違う気がした。

「月也さんはどうするのですか？　この家で一人で平気ですか？」

「それなのだが。しばらくの間奉行所で寝泊まりすることになった」

それでどことなく嬉しそうだったのだ、と沙耶は納得した。奉行所は基本的には寝泊まりするような場所ではない。しかし正月の無礼講の時などのために泊まることはできる。

それにいざとなったら奉行所に詰めることもあるから問題はない。その上で酒や食事などは全て奉行所持ちである。

この先ずっとというならともかく、しばらくの間であるならお祭りのようで楽しいに違いない。

しかし単純に女房がいないというだけでは体面が保てないだろう。何か特別な用件も申し付けられているに違いなかった。

興味があったが聞かないことにした。なんだか秘密にしておくのが楽しいのではないかという気配がしたからである。

男というのは何歳になっても子供のような秘密を持ちたがるものだ。

月也はあっという間に食事を終えた。

「今日は早く休みます」

沙耶はそう言うと早々に布団に入った。

少し思うところがあって早起きしようと思ったのである。


翌朝起きると、音吉と会う前に市谷《いちがや》に行くことにした。玄祭《げんさい》先生を訪ねようと思ったのである。

沙耶が屋台をやることが「縁起がいい」と言われただけに占ってもらおうと思ったのだ。

市谷は早朝から賑わっていた。

川開きだろうがなんだろうが、どこかでお祭りがあるとなると、他の場所までついでに賑わっていくのが江戸である。

だから川開きのついでに市谷の亀岡《かめおか》八幡も賑わっているのであった。

玄祭先生のいる長屋を尋ねると、もう長い行列ができていた。朝から占いをしてもらおうという客である。

最近は玄祭先生も占いの金を取るようになっていた。人は無料で何かしてもらう癖が付くとかえってよくないという考えだった。

「こんにちは」

顔を出すと玄祭先生は笑顔で沙耶を迎えた。

「こちらにどうぞ」

「並ばなくて良いのですか」

思わず聞き返す。

「沙耶殿はかまいません。江戸にとって大切な人ですからね」

玄祭先生はそういうと沙耶を目の前に座らせた。

「今日は占ってほしいことがあるのです」

沙耶が言うと玄祭先生は当然だという顔で頷いた。

「そういう顔をしているよ。それで、なにを占いたいんだい」

「じつは屋台で商売をすることになったのです」

「ふーむ」

玄祭先生は沙耶の顔をまじまじと見た。それから頷く。

「なにも心配することはない。やりなさい」

「顔を見ただけでわかるんですか」

「もちろんですよ。何も心配しなくていい」

玄祭先生はきっぱりと言い切った。

「心配しなくていい理由というのはあるのでしょうか」

「占いはおまじないとは違う。神仏が降りてきてうまくいくようなものではないのだ。あくまで人間の力で物事は切り開くんだよ」

「はい」

「自分とまわりの力でしっかりやっていこうという顔をしていれば何でもうまくいくんだ」

占い以前に玄祭先生には見えるものがあるようだった。

「ただ一つ言うことがあるとしたら、辰巳《たつみ》の方角に気を付けると良い」

玄祭先生の占いを聞いて、沙耶は長屋を後にした。

辰巳という言葉は気になる。普通に考えれば深川のことだ。深川に何かあるということなのだろうか。しかし事は占いなので沙耶には何ともわからない。

玄祭先生の所を去ると、今度は柳橋に向かう。「かわむら」はそれなりに大きな料亭である。

保守的な柳橋の中にあっては様々な工夫を凝《こ》らす店でもあった。

「いらっしゃい、沙耶さんですね」

「かわむら」の女将《おかみ》の明石《あかし》が笑顔を向けてきた。

「お世話になります」

「いえいえ。こちらこそ」

名前からすると遊女から出てきたという感じだ。女らしい綺麗《きれい》な名前、つまり源氏名《げんじな》をつけていれば遊女。音吉のように勇ましい「権兵衛名《ごんべえな》」をつけていれば芸者あがりである。

「置屋《おきや》の方には話さなくていいのですか?」

「ああ、大丈夫。音吉がうまくやってるからね」

沙耶には「さん」で、音吉が呼び捨てなのは人間関係の差だろう。

「中で西瓜でもどうぞ」

言われるままに中に入る。通されたのは川面《かわも》が見える座敷だった。客が入るための座敷で、芸者が座る席ではない。

「ここに座るわけにはいかないのではないですか？」

「いいからここでお待ちください」

明石は強引に沙耶を座らせると奥に消えた。

しばらくすると一人の恰幅《かっぷく》のいい男がやってきた。年の頃は五十歳というところだろうか。柔和な表情のわりには目つきはやや鋭い。

その男は沙耶の正面に腰をかけた。

「はじめまして。茶問屋を営んでおります茗荷屋《みょうがや》善兵衛《ぜんべえ》と申します」

軽く頭を下げる。

「紅藤沙耶と申します」

「先ほど、寿司の屋台をやられるとうかがいました」

茗荷屋がとても嬉しそうな笑顔を見せた。

「本当に決まったばかりなのですよ」

沙耶は驚いて言った。少なくともこの川開きの座敷が約束されたであろう頃には決まっていない。

「これはご縁がありますな」

「ご縁ですか？」

「じつは、うちは寿司に目をつけているのです」

茗荷屋は腕を組んだ。

「どういうことですか?」

「これから江戸では寿司がもっと流行る。そして寿司にはお茶。それも寿司のためのお茶が必要なのです。その宣伝を音吉さんに頼もうとしたのですよ。そうしたら偶然にも寿司の屋台を出すというではありませんか」

ちょうどいいときに沙耶がやってきたというわけだ。

「それにしても噂が速いですね」

「金吾親分から聞きました」

茗荷屋は悪びれずに言った。どうやら日ごろから様々な情報を仕入れているらしい。

「それで、お茶の宣伝ですか?」

「ええ。紅藤様の寿司の屋台でうちのお茶を使っていただきたいのです」

「茗荷屋さんのお茶をですか?」

「そうです。うちのお茶を飲みたいという客が出てくることに期待します」

「そんなことで儲かるのですか?」

「寿司と合わせるお茶は儲かります」

茗荷屋は自信がありそうだった。

「なにか理由があるのですか？」

「実は、質の悪いお茶が寿司によく合うのです」

「悪いお茶が？」

「はい」

茗荷屋は頷いた。

「悪いというか、味のないお茶がいいのです。いいお茶は甘みがあるではないですか。あれが魚の旨みを殺してしまうのですよ」

なるほど、と沙耶も思う。そう言われれば思いあたらないわけではない。味のないお茶のほうがいいのかもしれない。

「しかし味のないお茶は売れません。なにか強烈な看板がないとただの安いお茶で終わってしまうのです」

沙耶を看板にすることで安いお茶の値段を上げるということなのだろう。それで儲けるのは悪いことではない。

そこまで考えて沙耶はふと思った。

そんな儲け方をすれば泥棒に入られるかもしれない。以前朧《おぼろ》豆腐の盗賊を捕まえたときも「盗賊御礼」という商売で釣り出すことができた。盗賊が入ってありがとうという札で盗賊をあおったのである。

今回も、とも思うが、余計な盗賊を呼び込んでしまうかもしれない。目あての泥棒だけ釣り出す方法はないのだろうか。

「ところでお話をお受けするのは構いませんが、座敷ではなくてここなのは、音吉たちに知らせたくないことがあるのですか？」

わざわざ座敷の前に沙耶に会うのはわけありなのかもしれない。

「そういうわけではないのですよ。ただ、先にお耳に入れておけば料理に工夫ができると思いまして」

「料理ですか？」

「お茶と料理の組み合わせを知っていただきたいのです」

どうやら茗荷屋は沙耶になにかを味わってほしいらしい。

「わかりました。納得しました」

沙耶は了承した。

茗荷屋はほっとした顔になる。

その頃になって音吉がおりんとおたま、牡丹を引きつれてやってきた。

「こんにちは。ごめんなさい」

音吉が明るく言った。

「はじめまして。今日はよろしく頼みます」

茗荷屋が言う。

「とんでもない。こちらこそ、ありがとうございます」

音吉が頭を下げる。

それから沙耶のほうを向いた。

「芸者っていうのは会ってるだけで玉代《ぎょくだい》が出るんだ。この旦那様は今日一日あたしたちを買い切ってくれたっていうことさ」

それがいくらになるのかはわからないがかなりの金額だろう。

「いえいえ。それ以上に稼がせてもらいます」

茗荷屋が笑うのに合わせて全員が笑った。

そのときふと、誰かの視線を感じる。

沙耶は慌ててあたりに気を配ったが、気配はすぐに消えていた。しかし、あきらかにこちらを見つめている視線だった。

店の中にいるのだし、気のせいだろう、と考えを打ち消した。

もしかしたら泥棒かもしれないというのは思いこみすぎだ。

そういえばどんな人が泥棒なのだろう、と沙耶はあらためて考えた。

なんとなく屋台を担いでいる泥棒という感じだったが、それは単なる推察でしかない。わかっているのは、盗みを働いたあとも無駄遣いをしていないということだけだ。

とにもかくにも屋台を出してから考えよう。

夕方になって花火が打ちあがった。いよいよ本格的な川開きである。

「船が出ますよ」

女将が呼びに来た。今日は沙耶たちで船を貸し切りにしたらしい。ずいぶんと豪勢なことである。

「貸し切りだから自分の家のようにくつろいでくれ」

茗荷屋が安心させるような声を出した。

余計なことを考えないでいいのはありがたい。

沙耶は座敷に上がると茗荷屋の隣に座った。茗荷屋が沙耶のために何種類かのお茶を用意してくれた。握り寿司もある。

寿司は何種類かあった。鯛《たい》が中心である。芸者は青魚《あおざかな》を口にしないから鯖《さば》などはない。

海老《えび》とイカ、浅蜊《あさり》、そして穴子《あなご》であった。

「美味しそうですね」

沙耶が言うと、茗荷屋は大きく頷いた。

「寿司は必ず大流行します。そのときのためにお茶を準備したいのです」

茗荷屋の表情は真剣そのものである。今後の寿司の流行を確信しているようだった。

「お茶は人気の飲み物ですが、売る問屋も無数にある。買う側としてはどこから買ってもいいのです」

確かにそれはそうだろう。どんな問屋から買ったかなど庶民にはわからない。

茶問屋からすれば、ここの問屋が良いという印象がつくならお金を投じてもいいということに違いない。

「今日は酒ではなくてお茶を中心にしてもらいましょう」

芸者の立場としては飲まなくていいので楽である。

茗荷屋はまずお茶を一杯出してきた。飲んでみると香りも薄いし味もない。美味しいとは言い難いものだった。

「美味しくないでしょう」

茗荷屋は笑った。それから寿司を指さす。

「寿司を食べてから飲んでごらんなさい」

言われるままに食べてからお茶を飲むと、口の中が洗い流されて気持ちがいい。寿司の味が爽《さわ》やかになる。

「こいつは美味しいね」

音吉が感心したように言った。

「しかし寿司無しではまずいのです」

確かにこれなら沙耶と手を組む価値はありそうだった。

「わかりました。お受けします」

沙耶はきっぱりと言ったのだった。

「さあさあ。ここからが芸者の時間ですよ」

音吉が三味《しゃみ》線《せん》を取り出した。

曲を弾きはじめる。

「これはこれは。商売の話は野暮でしたかな」

茗荷屋が笑顔になる。

「ではどうぞ」

沙耶が酌をした。

「それにしても寿司というのは大した食べ物です」

茗荷屋が言う。

「そうなのですか？」

「はい。はじめに両国に与兵衛寿司が出てから二年。それがいままでは江戸に何十軒という寿司屋がある。これほど短い時間に江戸っ子の心を摑んだものはないですよ」

確かに最近はあちらでもこちらでも寿司屋を見かける。今まであった押し寿司の屋台を押しのける勢いである。

「世の中は組み合わせです」

「組み合わせ？」

「こうやって音吉さんに三味線を弾いてもらって、沙耶様にお酌をしてもらう。どちらか一人でも充分に満足ですが、二人だと三倍にも四倍にも喜びがある」

そういうと、茗荷屋は楽しそうに笑った。

確かにそうだ。今後寿司の屋台を出すにしても、そこは気をつけないといけない。握り寿司だけではなくもうひとつ。なにかがあるといいと思った。

「これでできあがりですよ」

喜久が声をかけてきた。箱には飯が敷いてあって、その上に海老やまぐろが載っている。

「これをいい大きさに切ってしまえば寿司のようになります」

「すごいわね」

握り寿司と違ってやや四角いが、愛嬌《あいきよう》と思えば問題はない。

ただ、喜久の切り分けたものは沙耶には少々大きかった。

「これだと、女には大きすぎて厳しいわ」

「女ですか？」

喜久が驚いた顔になった。

「おかしい？」

「いえ。おかしくはないです。ただ、女を対象にした事がなかったので。そうですね。女にも食べられる大きさがいいですね」

喜久は困った顔をした。

「うーん」

「何か問題があるのかしら」

「小さくすると量が足りないのではないでしょうか」

確かにいままで大きいのが普通だったものを小さくすると、食べ応えはなくなるかもしれない。

「それなら半分の大きさにして、二個でひとつみたいにできないかしら」

「それは面白いですね。夫婦握りと名付けましょうか」

二個でひとつなら量も同じである。

「実際に食べてみましょう」

喜久が出してくれる。普通の寿司の半分の大きさで、これなら沙耶にも食べやすい。

「案外この大きさはいいですね。うちもやろう」

喜久が言う。

飯の上のタネはまぐろと海老とコハダであった。

「この三種類にしたのはなぜ？」

「海老は一番人気があるからです。あとの二つは安いからですね。特にまぐろはどんな魚よりも安いですし」

「それはそうね」

まぐろは安い。その分人気もなかった。本当に寿司として売り物になるのだろうか。

「この魚は寿司にはいいんですよ」

そういって喜久は見本の寿司を出してくれた。

一口食べると、濃厚な旨みと醬油の味が広がる。どうやら醬油に漬け込んであるらしい。

「美味しい」

まぐろは煮ても焼いてもいまひとつだが、寿司にすると美味しいようだ。

「まぐろって、とれたてはあまり美味しくないんです。死んで何日か経《た》ったときが美味しいんですよ」

「そうなの？」

「ええ。だから『しび』っていうんですかね。そのせいで武家の方は嫌う人もいますが」

それから海老を出してくれる。

これは文句なく美味しい。茹《ゆ》でた海老の身がぷりぷりしていて歯ごたえもいい。海老のほかに少し胡麻《ごま》の香りがした。

「胡麻……ですか？」

「海老を茹でる水に少し胡麻油を入れると美味しくなるんですよ」

喜久が言う。そのおかげで良い香りがするらしい。

最後はコハダだった。これは酢と塩がかなりきつい。しかしその中にも魚の旨みがちゃんと残っていた。

「最後はこれです」

喜久が出してきたのは稲荷《いなり》のようなものであった。

「あら、稲荷ね。油揚げの中にご飯が入ってるのね」

「はい。稲荷寿司って言うんですよ」

沙耶が知っている稲荷は、煮た油揚げの中におからを詰めたものである。今回はそれを飯に替えたようだ。

食べてみると、みりんの甘さが際立った。コハダを食べた後だとより強く感じる。

「これも美味しいわね」

「自信作ですよ。こういってはなんですが、沙耶さんの屋台はわずかの間でしょう。でもこの寿司はうちが受け継ぎたいと思います」

「もちろんですよ。喜久さんのお寿司ですから」

甘い稲荷寿司は握り寿司と合わせるとより引き立つ。

「これでうちもいい商売ができます」

確かにこれは人気が出るだろう。捕物の問題がなければ、喜久自身にやってほしいくらいだ。

「これなら自信が持てます」

沙耶は大きく頷いた。

「でも泥棒を捕まえるのが本番ですからね」

喜久に言われて、そちらは本当にどうしよう、とあらためて考えたのだった。


いよいよ初めての屋台である。一人で持ち運べる担い屋台と言っても沙耶にも牡丹にも少々重すぎる。

「困ったわね。どうやって運べばいいのかしら」

最初からいきなり躓《つまず》いてしまった。

「どうしましょう」

牡丹も困った顔をした。腕力だけはどうにもならない。

「ここはまかせておけ」

不意に後ろから声がした。見ると、町人姿の月也がいる。

「万が一のことを考えて準備をしてきたのだ。店の手伝いはできないが、屋台を運んでいくことはできるぞ」

「ありがとうございます」

沙耶は思わず礼を言った。

「おいおい。夫にそんなかしこまった礼をするものではない。照れるではないか」

月也はそう言うと左手で屋台を担いだ。

「刀を差してないとなんとなく具合が悪いのだが、こうやって屋台を担ぐと刀の代わりになって丁度いいな」

そう言うと軽々と屋台を担いで行く。こういう時は本当に頼もしい。

どこに屋台を出すのか考えたのだが、両国にした。屋台が出ていて一番自然だし、噂にもなりやすいからだ。

沙耶の場所は両国でもわりといい場所で、薦張り芝居の近くにあった。月也は屋台を地面に置くと、さっさと行ってしまった。

といってもあたりをうろうろしてはいるのだろう。

「では始めましょう」

沙耶は牡丹に声をかけた。両国を選んだ理由は繁盛だけではない。たとえば深川だと顔が売れすぎているが、両国ならおのぼりさんもいる。

沙耶のことを知っている人と知らない人が入り混じっているからこそ、より噂になりやすいという判断だった。

「掛け声をどうしましょう」

牡丹が聞いてきた。

「掛け声？」

「屋台ですから売り声が必要です」

確かにそうかもしれない。しかし沙耶には掛け声を出すなどというのはなかなか難しい。

「掛け声は恥ずかしくない？」

「御用だ、っていつも叫んでいるではないですか」

「あれは別よ。夢中なんだもの」

捕物の掛け声のように叫ぶことはできない。

「どうしたの？」

沙耶の屋台に、木戸芸者の又吉が顔を出した。

「寿司屋の掛け声がいるという話なんです」

沙耶は腕を組んだ。

又吉は面白そうな表情になった。

「いいね。わたしがやろう。なにが売りなんだい」

「わたしが夫で牡丹が妻の夫婦寿司です」

「あいよ」

又吉はすぐに引っ込むと、屋台の前で朗々《ろうろう》とした声を張り上げた。

「東西とうーざい。こちらの夫婦がお出しする夫婦寿司は天下一品だ」

又吉の声は両国に響きわたった。

「あとは沙耶様の腕次第ってところですね」

客がまたたく間に集まってくる。

「いらっしゃい」

牡丹が笑顔で応対した。

「俺はまぐろだ」

「コハダ」

「海老」

と飛ぶように売れていく。正直目のまわる忙しさである。あっという間に持ってきた寿司が全部売り切れてしまった。

一刻もかかっていない。

「どうしたらいいのかしら」

沙耶はさすがにため息をついた。

「そうですね。どうしましょう」

牡丹も困った顔をする。

「どうせなら泥棒を釣り出す方法はないかしらね」

沙耶が思わず口にした。

「どんな人が泥棒なんでしょうね」

「わからないけど。少し散歩でもしましょうか。もしかしたら泥棒にあとを尾《つ》けられるかもしれないし」

「どちらに行きますか？」

牡丹に言われて、ふと玄祭の言葉を思い出す。辰巳と言われていたから、深川がいいのではないだろうか。

「深川に行きましょう」

「ええ」

屋台はそのままにして、牡丹と並んで歩き出した。

「あっという間に売り切れてしまったわね」

「沙耶様の人気ですね」

牡丹がくすくすと楽しそうに笑った。

「牡丹の看板力でしょう」

言いながらも、握り寿司というのは人気があるのだと実感する。しかしこんなに早く売り切れてしまうのでは、泥棒の目を引くこともできないかもしれない。

「お茶も寿司にはよく合っていましたね」

牡丹が言った。

「そうね」

日本橋から両国橋を渡って本所の方に向かう。この間うどんを食べた屋台の辺りに立ち寄っていく。

川のそばに子供が五人いてうろうろしている。遊んでいる風情《ふぜい》でもなかった。

「なにをしているのかしら。遊んでいるようでもないけど」

子供たちは七歳か八歳くらいに見えた。

「あれは仕事を探してるんですよ」

「仕事？　まだ子供じゃない」

「子供でも仕事はありますよ。おばあさんの手を引いたり、ちょっとしたお使いをしたり。このへんには屋台がいるから、留守番なんかをさせてもらおうと思ってるんでしょう」

「留守番なんてあるのね」

「担い屋台ですから。もしかしたら屋台ごと盗まれるかもしれないじゃないですか。だから屋台を離れるときは子供に留守を頼むんです」

「うちは平気かしら？」

「目立ってたから平気です」

牡丹が自信あり気に言う。

確かにそれなら安心だろう。子供でも仕事はできるということだ。

「それは感心ね。遊ばずに仕事するなんて」

「きっと親のいない子供ですよ。遊ぶ余裕なんてないんでしょう」

牡丹が当たり前のように言った。

「親がいなくても暮らせるの？」

沙耶は思わず訊いた。

「もちろんですよ。どういう事情かはともかく、親のいない子たちは大家が面倒を見るんです。長屋全部で育ててるんですよ」

牡丹はそう言ってからため息をついた。

「わたしもそうでしたからね」

それから川沿いとは違う道を指さした。

「あの子たちをよけていきましょう。からまれると厄介《やっかい》ですから」

「そうなの？」

「ええ。仕事が欲しい子たちですから、なにか手伝うことがないかって訊いてきます。沙耶様は優しいから困ってしまうでしょう」

そう言うと牡丹は別の道を歩きはじめた。

確かに沙耶としてはからまれたらなにか仕事を出してしまいそうだ。今日は月也と一緒ではないからまだいいが、月也なら泣きだすかもしれない。

「なにか手助けできないかしら」

「駄目です」

牡丹がきっぱりと言う。

「残酷なようですが、手助けしないほうがあの子たちのためですよ」

「そうなの？」

沙耶としては多少助けるくらいはしてもいい気がした。

「かわいそうですが、楽に金が手に入ると思うと駄目になる。苦労して金を稼いでいかないといけないんです」

確かに、なにか楽をしてしまうと後の苦労ができなくなるかもしれない。沙耶は金持ちにはなったことはないが、生活の苦労はあまりしていないからそのあたりは気が回らない。

「牡丹はすごいね」

「なにがですか？」

「人の気持ちがよくわかるじゃない」

沙耶が言うと牡丹は口を開けて笑った。

「そんないいものではないですよ。ゆがんでいるからわかることもあるんです。沙耶様のようにまっすぐ育つのがいいに決まっています」

そう言ってから少し顔を赤くした。

「生意気言ってすいません」

「もっとどんどん言っていいわ。それに今日は夫婦じゃない」

沙耶も笑う。

「それは少しというか、かなり照れますね」

「ごめんなさいね。無理やりお嫁さんにして」

「いつでもどうぞ」

言いながら歩いていると、さっきの子たちよりも小さい子供が三人、長屋から走りだしてきた。

「こらーっ！」

それを一人の女性が追いかけてくる。あっという間に子供を捕まえると、沙耶たちに気がついて笑いかけてきた。

「すいませんね。ちょっと子供がやんちゃして」

「いえいえ。子育て大変ですね」

「まったくね。自分の子でもないのに。おとっつぁんがどんどん面倒見てしまうんですよ」

「そうなの？」

「そうですよ。おかげで捨て子長屋なんて呼ばれちゃってね」

そう言いつつもその女性は楽しそうな表情で子供を連れて長屋の中に帰っていった。

「いい人もいるものね」

沙耶は驚きながらも感心する。さっきの子供たちもこの長屋の子なのだろう。

「そうですね。あれはなかなか大変です」

牡丹も頷いた。

「子供を育てるのはお金がかかりますからね」

「そうよね。それであの子たちも仕事をしているのね」

それでも子供を育てるのは大変だ。長屋ではお金を工面《くめん》するのに苦労しているかもしれない。

本所から深川に入って、富岡《とみおか》八幡に向かう。境内《けいだい》にはそれなりに屋台もあるが、新参者の姿はない。

「ここには新しい屋台はないのね」

「神社の中は無理ですよ。そうそう新しい人は入れません。深川で屋台を出すとすると洲崎弁天《すざきべんてん》のあたりでしょうか」

「確かにあそこなら砂浜だものね」

しかし砂浜では泥棒もできないだろう。

「どうやって盗むのかしら」

「それをこれから調べるのではないですか」

「それはそうね」

「まずは噂を撒きましょう」

牡丹が言った。

「どうやって撒くの？」

「簡単ですよ」

そう言うと牡丹は永代《えいたい》団子の屋台のほうに歩いていく。沙耶も後ろをついていった。

団子屋はいつものように混んでいた。

「いらっしゃい。今日は珍しい二人連れだね」

店主が目を丸くした。沙耶はいつもは月也と二人で来るから憶えられている。牡丹も顔を知られているだけに、驚いたのだろう。

「じつは夫婦で屋台を出したんです。夫婦寿司っていう屋台なんですよ。両国ですからぜひ食べに来てください」

牡丹がまわりに聞こえるように言った。

「夫婦？」

店主が言うと、牡丹は大きく頷いた。そして沙耶を指さして、

「夫で」

と言った。さらに自分を指さすと、

「妻です」

と言う。団子屋の店主は納得したような顔をして頷いた。

「そうかい。いい夫婦だね。何本食べる？」

「では四本いただきます」

牡丹があたりを見回すと、すぐに二人分の席が空いた。遠慮なく座らせてもらう。

まわりの視線が痛い。注目されているのがわかった。

この注目は二種類あって、単純に沙耶たち「夫婦」を見つめている人と、沙耶と牡丹が「夫婦」と言ったのを「わけあり」とわかってくれた人たちだ。

団子が運ばれてくる。なにもいわずに「団子」と言うと砂糖醤油を塗ったものが出てくる。

その他にも「味噌」や「餡子《あんこ》」といったものがあって、少し高い。沙耶はいつも普通のものを頼んでいた。

「あいよ」

団子が運ばれてきた。

「注目されてますね」

牡丹が言う。

「なんだか恥ずかしいわ」

「沙耶様は美しいから」

牡丹が当たり前のように言って団子を口にした。

しばらくすると、先ほど本所の屋台にいた子供たちがやってきた。

「串ください」

子供たちが言う。

「おう」

団子屋が串を子供たちに渡した。

「あれはなにをしてるのでしょう」

「串をあげてるんですよ。売れますからね」

「串が？　洗って使うの？」

「銭湯に売るんです」

焚《た》きつけにするという事に違いない。燃えそうな様々なものをもらってお金に換えているということだろう。

「ああやって江戸中を走り回って暮らすんですよ」

牡丹が言う。

「そうなのね。では大人よりも江戸に詳しいのかもしれないわね」

「でも、あの子たちから話を聞こうと思ってはいけないですよ」

牡丹が沙耶の心を読んだかのように釘《くぎ》を刺してきた。

「随分心配するのね」

「子供はまっすぐですから。悪事もまっすぐなんです」

牡丹が確信を込めて言う。

「悪事もまっすぐ？」

「ええ。たとえば沙耶様が子供たちの言ってきたことを四文で買ったとするでしょう。そうすると今度は、沙耶様が喜びそうな話を作ってやってきます。四文のためにね」

まっすぐとはそういうことなのか、と沙耶は思う。四文を得るための行動に出るわけだ。

「子供には罪の意識はないですよ。騙《だま》してるとも思いません。沙耶様を喜ばせたいと思って嘘を言うのです」

それだと嘘を見破ることはできないだろう。

「平気ですよ。あれでたくましく生きてるのです」

牡丹に言われて少しほっとする。

「ただ」

牡丹が少し気がかりそうな表情になった。

「ただ？」

「大人はそうまっすぐではないですからね」

そう言うと、牡丹は団子を一口食べた。

「それにしても、こう早く売り切れるのでは困りますね。あの屋台ではそうたくさん寿司を置いておけないです」

「確かにそこは喜久さんに相談してみるしかないわね」

そんなことを思っていると金吾親分がやってくるのが見えた。

「沙耶さん。大変だ」

「どうしたのですか？」

「泥棒が捕まった。川越から来た奴だ」

「そうなの？」

「いま番屋に転がされてるんですがね。俺はそいつの仕業《しわざ》じゃないと思ってるんだ」

「誰が捕まえたの？」

「本所の岡っ引きでさ。梅吉《うめきち》って奴です」

「それでわたしにできることはあるのですか？」

「ちょっと顔を出してほしいんです。岡っ引き同士だとなかなか厄介でね」

金吾が困った顔をした。

深川の岡っ引きが本所の岡っ引きには口を出しにくいのだろう。本所は昔は「本所同心」という別の組織があったくらいで、独立心が強い。

だから深川の岡っ引きには口出しをされたくないに違いない。月也なら同心だからいいかもしれないが、沙耶で役立つのだろうか。

「わたしで大丈夫なのですか？」

「有名な人ですからね。ちょっと高飛車《たかびしや》な感じで頼みますよ」

どうやら本当に頼みたいらしい。

「いってらっしゃい。わたしは屋台に戻っています」

牡丹が声をかけてきた。

「わかりました」

沙耶は立ち上がる。金吾親分は前に立って歩きはじめた。

「岡っ引きもいろいろ大変なんですね」

「俺たちは悪い奴ですからね」

金吾親分があっさりと言う。

「でも町の人のために働いているのでしょう」

沙耶が言うと金吾はやや自嘲《じちよう》気味に笑った。

「紅藤夫妻はいい人だからそう見えるだけですよ」

それから金吾は立ち止まって沙耶のほうを向いた。

「いいですか。俺たち岡っ引きは奉行所に認められてる『悪人』なんです。同じ十手《じつて》でも沙耶さんのものとは意味が違う」

「どう違うのですか？」

「確かに悪い奴も捕まえますけどね。どちらかというと自分の商売仇を潰してるようなものですよ。みんなのためじゃない」

「商売仇ですか？」

「悪いことをするのは自分だけのほうがいいじゃないですか」

そう言って笑う金吾の顔は確かに悪人っぽい。

「金吾親分も悪人なんですか？」

「ええ。相当なものです。言いたくはないですがね。でも悪人にしか救えない人もいるんですよ」

そう言って金吾はまた笑う。月也は岡っ引きがあまり好きではない。金吾の言うように「悪い奴」が多いからである。

「では金吾親分はこれから商売仇を潰しにいくのでしょうか」

金吾の言うとおりならそうなる。

「そうですね。そう思われるでしょう。だから沙耶さんに御足労《ごそくろう》いただいたんですよ。梅吉を潰しにきたわけじゃないって言うために」

「その泥棒は絶対に違うのですか？」

「絶対とは言いませんが、まず違います」

金吾は首を縦に振った。

「川越からやってきてうどんの屋台を出してる奴なんですがね。泥棒なんかする人間じゃないですよ」

本所のうどん屋と言われて、沙耶は先日のことを思い出した。まさかあのうどん屋ということはあるのだろうか。

「相生町《あいおいちょう》の自身番屋にいるらしいので」

金吾に連れられて歩いていく。

「金吾親分はどうしてそのうどん屋さんが犯人ではないと思うのですか？」

「ああ。あれはさ。気のいい男だから俺が屋台を出していいって言ったのさ。そんな奴が俺を裏切るわけはねえですよ」

金吾は自信がありそうだった。それにしてもなぜいきなり捕まるのかは沙耶にも謎である。その場で取り押さえるしかないような気がする。

自身番につくと、縄でしばられたうどん屋が床に転がっている。十手を持った男と、他に二人いた。

自身番に詰めている大家に違いない。二人とも五十がらみである。落ち着いた雰囲気を持っていた。

「おや、金吾親分じゃねえですか。なにか御用ですか？」

梅吉がにやにやといやな笑みを浮かべた。後ろにいる大家の一人は渋い顔をしている。捕まったのはそこの店子《たなこ》かその居候なのに違いない。

「そいつが泥棒だって証拠はあるのかい」

金吾が言った。

「証拠もなしに番屋に連れてきたとでも言いてえのか」

梅吉がややすごむ。

「一応確認だよ。ところでこちらが沙耶さん。紅藤の旦那の御新造《ごしんぞ》さんだ。十手持ちなのは知ってるだろう」

「ああ」

梅吉の勢いが少し落ちる。沙耶のことは知っているようだった。

沙耶はうどん屋のほうを向いた。まさに先日の屋台の主人である。

「本当に泥棒をしたのですか？」

「俺はなにもやってないですよ。突然捕まったんです」

うどん屋が嘘を言っているようには見えない。

「どんな証拠があったんですか？」

「こいつの屋台から盗んだものが出てきたんだ」

「盗んだものはお金ではないということですか？」

「おう。仏像よ」

梅吉が胸を張る。

「わざわざ人の家に入って仏像を盗んだというのですか」

沙耶は少々あきれてしまった。いくらなんでも少し無理がある。

「ついでに金も盗んだんだよ」

梅吉が強弁《きょうべん》した。

「いくらですか？」

「三両だ」

「誰が盗まれたのですか？」

「そんなことあんたには関係ないだろう」

「関係ありますよ」

沙耶は十手を見せる。

「こ、こいつは俺の事件だ」

梅吉が少しひるんだ様子を見せた。

「このうどん屋さんには少々縁があります。とにかく盗まれた相手を連れてきてください」

沙耶が言う。

「俺の言うことが信じられないのか」

「そんなことはないですよ。確認したいだけです」

沙耶も後ろには引かない。ここで長引くと同心が登場することになるだろう。もし梅吉が嘘を言っているなら大きな問題である。

無実の人に罪を着せるのは重罪だ。岡っ引きなら間違いなく牢屋《ろうや》に入ることになる。岡っ引きは憎まれているから、牢屋に入ると囚人たちに殺されてしまうのだ。

だから岡っ引きは牢屋に入ることだけはしたくないのである。

梅吉の表情が変わる。どうやらうどん屋は無実のようだった。

「まあいい。今日のところは勘弁《かんべん》してやる」

そう言い捨てると梅吉は出ていってしまった。

沙耶は番屋に残った大家らしき二人を見た。

「どういうことですか？」

沙耶に睨《にら》まれて、二人は下を向いた。

「親分が突然やってきて泥棒だって言うのです。親分には逆らえません」

「とにかく縄を解いてあげて」

二人が慌てて縄を解く。

「ひどい目にあった。あんまりですよ、大家さん。俺の話なんて聞いてもくれないじゃないですか」

うどん屋が言う。

「すまないね。仁助《じんすけ》さん」

どうやらうどん屋は仁助というらしい。

「少し話を聞かせてもらえるかしら」

沙耶が言った。

仁助はそこで初めて沙耶の顔をまともに見た。そして、十手と沙耶を見比べ驚いたような顔になる。

「あなたはこの間の……、えーと、お兄さん？　お姉さん？」

男装の沙耶をどう呼んだらいいのか迷ったようだ。

「どちらでも」

沙耶はそう言ってからうどん屋に笑顔を見せた。相手が緊張しているときはまずは笑顔がいい。

うどん屋は沙耶の笑顔を見ると少し落ち着いたようだった。

「話もなにも。うどんを売ってたら突然捕まったんです」

「いくらなんでも突然ということはないでしょう」

「それが本当に突然なんです。うどんを召し上がっていて。川越から来たって言ったら、お前泥棒だろうって」

「それは乱暴ですね」

言いながらも、川越から泥棒が来ているという噂はしっかりと根付いているのだと思う。同時に、やはり川越の噂は作られたものではないかと思った。

そうやって犯人を作っておいてから、自分がこっそり盗みに入っている気がする。

「屋台に仏像があったというのは本当ですか？」

「ええ。それは本当ですが、身に覚えはないんですよ」

「屋台を留守にしたことはありますか？」

「ありますが、ちゃんと子供に留守番を頼んだんです。仏像のことなんて言ってなかった」

「このへんの子供たちなのですか？」

沙耶が訊くと、大家の二人が頷いた。

「近くの長屋の子供たちです。でもやんちゃですが、悪さをするような子供ではないですよ」

「ここはあっしが聞いておきます。ご苦労様でした」

突然金吾が沙耶に頭を下げた。

どうやらこれ以上は首を突っ込んでほしくないらしい。岡っ引きには岡っ引きの決まりがあるのだろう。

沙耶は素直に番屋を出て牡丹の待つ屋台に戻った。

驚いたことに屋台の前には列ができていた。そして喜久と夜鷹蕎麦の清が応援にやってきていた。

「遅かったわね。沙耶さん」

喜久が準備を整えていた。

「どうしたのですか？」

沙耶が訊いた。

「売り切れたって聞いたから追加を持ってきたんですよ」

喜久が当たり前のように言う。

「ああ。追加」

追加で作るというのは全く頭に浮かばなかった。よく考えたら売り切れたらまた作ればいいのである。

「思いつきませんでした。すいません」

「こっちもそんなに繁盛するなんて予想しなかったからね。さすが沙耶さんだ」

喜久が感心したように言った。

沙耶が現れたことで屋台が再開した。

午前中と同じく飛ぶように売れる。売りながら、沙耶はなんとかあたりに気を配ろうと努めた。目的は犯人を捕まえることなのである。

夕方になると花火が上がった。川開きをしてからしばらくの間は両国は毎晩花火を打ち上げることになっている。

喜久がもう一度寿司を追加してくれた。

沙耶の店は大成功である。

とりあえず良かったということだろう。今日のところはおとなしく引き上げることにした。

家に着くと、奉行所に泊まるはずの月也が戻っていた。難しい顔をしている。

「大変だ」

月也が言った。

「どうしました？」

沙耶が思わず訊く。

今回の「大変」は本当に大変らしい。声の色で大体のことはわかる。

「今日泥棒が入った。しかも一気に五つも事件が起こった。泥棒に見せかけた盗賊団の可能性もある」

「場所はどこですか」

「日本橋が四件と深川が一件だ」

「それは不思議ですね、どうして深川が混ざってるのでしょう」

「それはこれから調べる。普通なら深夜に入るはずの泥棒が、川開きにつけ込んで夕方に入ったというところだ」

「それだと金額が小さいのですか？」

まさか夕方に千両箱を運び出すようなことはできないのではないか、と沙耶は思ったのだが。

「いや、大きいぞ。百両だ」

これは多額だ。それに五件とは多い。うまく連携のとれた犯行ということだろう。

「どうしてわかったのですか。帳簿ですか」

しかし帳簿を確認したからといって盗まれたかどうかはすぐにはわからないだろう。

「それが叫び声なのだ」

「叫び声？」

「『泥棒』という声がしたらしい」

「誰か見たのですか？」

「姿はないな。しかし金は消えていたそうだぞ」

「では、証拠はないというところですね」

本当に盗まれたかは本人にしかわからないだろう。それにしても夕方に何件もというのはなんだか奇妙な気がした。

「全員が叫ばれたんですか？」

「少なくとも日本橋の四件ではそうだったらしい」

「それは少し怪しいですね」

沙耶は首をかしげた。

「そんなに都合がいいことがあるのでしょうか」

「泥棒たちは油断してたのではないか。でも四件もというのは確かに怪しいな」

月也が腕を組んだ。

「するとこの一連の事件は囮《おとり》で、もっと大きい狙いがあるということか」

「月也さんの言う通り、泥棒という皮をかぶった盗賊かもしれません」

沙耶が言う。

「そうなるとかなり話が違ってくるな」

泥棒であるなら奉行所は動かない。岡っ引きに任せてしまう。盗賊になってはじめて同心が動くことになるのだ。

奉行の筒井が月也に、と言った理由もそこだろう。月也は盗賊も泥棒も関係なく事件のために動く。

「ところで、うどん屋が捕まったそうだな」

月也が言った。

「すぐに解き放たれましたけどね」

沙耶が言うと、月也が嬉しそうに笑った。

「あいつはいい奴だからな」

「そうですね」

しかし、と沙耶は思う。梅吉は本当になんの確信もなく捕まえたのだろうか。岡っ引きは確かにごろつきだが、うかつなことをすると死んでしまうのだ。

昼間は一応引き下がったが、別の理由があったのかもしれない。

「月也さん、今晩は家にお泊まりですよね？　とりあえず食事にしましょう」

沙耶は準備をした。今日の食事は「寿司茶漬け」である。

今日屋台で出した寿司と同じものを丼に並べてお茶をかけ、少し醤油をさす。これだけである。

月也が口をつけた。

「これはうまいな」

寿司には思ったより多くの塩を使っているから、お茶をかけても美味しい。お茶漬けとは別に茗荷屋のお茶も用意した。

「やはり全然美味しくないな」

月也が言った。

「お寿司と一緒じゃないと駄目みたいですよ」

「そうだな。しかし気に入った」

月也が言う。

「美味しくないのにですか？」

「うむ。俺みたいでいい」

「月也さんみたい？」

「そうさ。俺一人だと美味くもない。しかし沙耶がいれば素晴らしいものに化けるのだから、まさに俺みたいじゃないか」

「月也さんは一人でも素敵ですよ」

そう言ってから、沙耶はふと思った。泥棒が盗賊に化けるためには親分が必要だろう。どこかに親分が隠れているのではないだろうか。

それをあぶり出すためにはやはり噂の力を使うのがいい。噂となるとともかくにも銭湯に行かなければならない。

井戸端会議はどうしても狭い地域の噂になる。それに比べると銭湯はいろんな人が出入りするから、有効だろう。

朝になったら頑張って銭湯に行ってみようと沙耶は思ったのだった。

そして翌朝。沙耶は両国にある銭湯に足を運んだ。

「おはよう。沙耶さん」

銭湯に入るなり、木戸芸者の又吉が声をかけてきた。

「あら。早いのね」

「木戸芸者は一日に何度か銭湯に来るんですよ。路上の仕事だからどうしても汗をかきますからね」

「昨日はありがとう。おかげで繁盛したわ」

「いえいえ。うまくいって泥棒が捕まるといいですね」

又吉はわざと大声で言った。

泥棒、という言葉に銭湯の客たちが反応する。

「泥棒がどうしたんですか」

一人が声をかけてきた。

「最近屋台を利用した泥棒がいるというのです。それでわたしが屋台を出して見張ることにしたのですよ」

「あなた女十手持ちの沙耶さんでしょう。銭湯なんかにも来るんだね」

どうやら沙耶はかなり興味を持たれていたらしい。あっという間に囲まれてしまった。

「怪しい人っているのかしら」

聞いてみる。

「屋台なんて怪しい人しかいないね」

客たちが笑った。

「だってみんなやくざみたいなものでしょう」

「そんなことはないですよ。いい人もいます」

沙耶は清を思い浮かべて言葉を否定した。

「それにしても屋台をやりながら泥棒ねえ。そんなことできるのかしら」

一人が首をかしげた。

「どうしてそう思うのですか？」

「屋台っていうのは目立つからね。泥棒のために屋台を留守にしたらわかっちまうと思うんですよ」

「盗んだものを屋台に隠すというのはどうですか？」

「それだってすぐばれちまうよ。案外人の目は多いんだ」

沙耶は昨日泥棒が五件もあったことを話した。

銭湯の客たちは面白そうに聞く。確かに屋台は目立つのだろう。だとしたらやはり屋台は囮なのだろうか。

「いえ。屋台でも盗みはできるでしょう」

一人の女が前に出てきた。

「二人で屋台をやっていれば、一人いなくなってもいい」

「だけど、泥棒ってどうやるんだい」

そう言われて、その女は真面目な顔になった。

「それがわかっていたらわたしもやる」

女の言葉にあたりがどっと笑いに包まれた。

確かにそうだ。泥棒や盗賊になれ、と言われたとしてもそう簡単になれるものではない。まず、金を盗むというのは普通の人には大変だ。

そもそも罪の意識があって体がうまく動かないと言われている。落ちている金を黙って懐《ふところ》に入れても罪になるのだ。ましてや泥棒となると相当な覚悟がいる。

慣れてくると心が痺《しび》れてきて、なにも感じなくなるらしいのだが。

「確かにどうやって泥棒をしているのでしょう」

盗んでください、という札をつけて金が置いてあるわけではない。たいていが手文庫や金蔵に入っている。

そもそも金のあるような場所に人がいないとも限らない。

盗賊だってかなりの下準備をしてから盗むのだ。泥棒だからといって盗みが簡単になるわけではない。

店であれ家であれ、どこになにがあるのか知っているか、顔見知りでないと入ることもできないだろう。

だとすると、もし屋台の人が泥棒をするとなると、出前をするような店かもしれない。出前はいまのところ鰻屋だけである。

最近は蕎麦屋も出前をするが店の人間がいなくなるので、町をふらふらしている若者に手間賃を払って店から運んでもらうのが流行っていた。

それだ、と沙耶は思った。

町をふらふらしている者の中に泥棒がいるのではないか。しかしそれでは範囲が広すぎて特定するのは難しいかもしれない。

とりあえず出前をやっている屋台を探していこうと思った。

「思いついたことがあるのだけれど」

沙耶はあらためて銭湯の客たちに自分の考えを言ったのであった。

そして翌日。

沙耶は九段下《くだんした》にいた。遊び人の増吉《ますきち》を探すためである。遊び人といっても博打うちなどではない。定職につかずにふらふらしている若者たちである。

増吉は彼らを集めて簡単な仕事をさせていた。

「こんにちは」

沙耶が挨拶すると、増吉は深く頭を下げた。

「お世話になっています」

「お世話なんてしてませんよ。増吉さんは一人で頑張ってるでしょう」

「女房がいますからね」

増吉は楽しげに笑ってから真面目な表情になった。

「なにか御用ですか？」

「じつはお願いがあってきたの」

「なんでもどうぞ」

「内容を聞いてから答えるものではないかしら」

「沙耶様の頼みはなんでも聞きます」

沙耶は増吉に今回の事情を話した。

増吉は難しい顔をして腕を組む。

「わかりましたが、それはなかなか難しいですね。というか無理に見えます」

「無理ですか」

「いいですか。沙耶様がやっていることはおかしなことなのです。本来なら盗みに入られて、そこからいろいろ調べて犯人に当たる。しかし沙耶様は起こってない事件の犯人を当たるのですから、無茶ですよ」

そう言われれば確かにそうだ。事件は本当の意味でまだ起きているとは言い難い。

「だからうまくいかなくても沙耶様のせいではないです。肩の力を抜きましょう」

それから増吉は、改めて言った。

「その泥棒はいい奴なんだと思います」

意外な言葉である。なにか見当がついたのだろうか。

「どういうこと？」

「博打もしない。女も買わない。だとするとその金は自分以外のことに使ってるんじゃないでしょうか。子供を育てたりとか」

なるほど、と沙耶は思う。泥棒は悪い奴で金遣いが荒いと思っているから気が付かないということか。もしお金を地道に使っているなら、確かに足はつかないだろう。

しかしどんなにいいことに使っているとしても、泥棒は悪いことである。なんとか捕まえないといけない。

ふと本所にいた子供たちのことを思い出した。ああやって手伝っているとは言っても生活は楽ではないだろう。

あの子供たちを生活させるために泥棒を働くのだとしたら、足などつくわけがない。悪人ではない相手も疑わなければいけないのだとしたら、十手持ちは本当に嫌な仕事だと言える。

「ちょっと仲間を集めて噂を調べてみます」

増吉が言ってくれた。

「ありがとう。頼りにするわ」

増吉と別れてから、沙耶は牡丹のところに戻る。

屋台を出さなければならないからだ。

両国に行くと、もう屋台のまわりは人であふれていた。

「沙耶様」

牡丹が手を振った。牡丹の隣には音吉も立っている。

「こんなに面白そうなことに呼んでくれないのはひどいよ。客として来るって言ったじゃないか」

音吉が軽く怒った様子を見せた。

「ごめんなさい。でもやっぱりこんなことに音吉をつきあわせたくなかったから。芸者のお仕事にさわるでしょう」

「それはそうだけどさ。一応呼んで、断られたらあきらめるもんじゃないのかい」

音吉はなかなかわがままを言う。

「そんなことよりも客をやってくださいよ。音吉が客というだけで繁盛しますよ」

音吉が腕まくりをして寿司を買う。

牡丹がそっと近くに寄ってきた。

「しばらくの間なにも考えずに寿司屋をやれと月也さんがおっしゃっていました」

どうやら月也にはなにか考えがあるらしい。

「わかりました」

「そしてしばらくは音吉姐《ねえ》さんの家で過ごすようにと。芸者の噂《うわさ》もほしいらしい」

「そうなのね」

そうなると月也だけの考えではないようだ。奉行所もなにか思うところがあるに違いない。そして音吉も承知しているのだろう。

言われた通りに寿司を売ることにした。

といっても寿司を売る以外はなにもできない。そのくらい繁盛していた。

音吉は先に引き上げていて、牡丹と二人である。混んではいるのだが少し慣れてきて、客の顔もなんとなく見られるようになった。

最初は客の顔など全然わからなかったのが、慣れるとわかってくる。沙耶の店は女の客が多い。寿司が小さいのが大きな要因だった。

寿司に興味があっても大きすぎて食べにくいと思っていた女性たちが集まったのである。屋台の周りでは泥棒の話で持ちきりであった。

そして三日後には、屋台を利用した泥棒がいるらしい、という噂は江戸中に広まることになったのである。

こうなると江戸っ子全員が屋台を見張っているようなものである。本当に泥棒がいたとしてもとても盗みなどできるものではない。

そのかわり泥棒も捕まりそうになかった。それはそれで平和なのかもしれない、とやや安心する気持ちもある。

いつものように売り切れてから店を畳むと、茗荷屋がやってきた。

「いらっしゃい。お茶の評判は今日もよかったですよ」

「それが大変なんです」

茗荷屋は青い顔をして沙耶にささやいた。

「盗賊に入られました」


茗荷屋の家の座敷に、沙耶と月也は並んで座っていた。

茗荷屋は渋い顔をしている。そして二人の前に手紙を差し出してきた。

「儲け過ぎ」

と書いてある。どうやら沙耶の屋台でお茶が売れたのが気に入らないらしい。

「他人が儲けるのが気に入らない盗賊がいるのですよ」

「でも、盗賊には関係ないでしょう。頑張って稼いでいるのはその人の才覚ではないですか」

「ですが、上前をはねてやろうという人はいるのです」

「それは悪い奴だな」

月也も渋い顔をした。

「いくら盗まれたのですか？」

「百両です」

先日の泥棒が盗んでいったと言われた額と同じである。

「手紙で盗まれたとわかったのですか？」

「そうです。帳簿に合わない数字があったとしても、これがなければ盗まれたとは想像しないですからね」

茗荷屋は真顔で言う。百両は大金ではあるが、すぐに盗まれたと思うことはないのだろう。

「そうだな。金がなくなったからといって盗みと結びつけるのはなかなか大変なことだからな。店ならなおさらだろう」

確かに、店の金が盗まれたとなると最初に店の人間が疑われる。もし犯人がいなかったら、気まずさが残ってしまう。

だから内々に犯人を探すことはあっても、うかつに店の人間を疑えないのだ。

「盗まれるのも大変だな」

月也が言うと茗荷屋は声をあげて笑った。

「盗まれるのは大変ではありません。盗まれたあとが大変なのです。それにしても困ったものです。おおっぴらに届け出ることもできません」

「どうしてだ？　百両といえば大金だろう」

「そうですが。火盗改《かとうあらた》めにでも知られたらなにをされるかわかったものではありません。疑われた店の者もどんな目にあうか」

火盗改めは盗賊よりもいやらしい。

「わかった。こちらで内々に調べよう」

「ありがとうございます」

「百両はどこに置いておいたのですか？」

いくらなんでもそこらに放り出していたとは思えない。

「それなんですが。仕入れ用の金をやられました。この金の場所を知っているのは番頭だけなのです」

茗荷屋としては番頭は疑いたくないというところだろう。番頭は長年店に勤めている人間がなるものだ。だから店のこともかなり任されている。

番頭を疑ってしまっては店は終わりなのである。

「仕入れ用のお金の場所を外から知ることはできるのですか」

「できないでしょう。だから内部の人間が怪しくはあるのです」

茗荷屋の表情は苦しそうである。店の人間を疑いたくないが、他に心当たりはないのだろう。

「店の人間は犯人ではない」

月也が自信たっぷりに言った。

「なぜでございますか？」

「そんな悪い奴が番頭になるわけがないからだ」

月也の言葉に茗荷屋は目を丸くした。それからくすりと笑う。

「まったくでございます」

「それよりも、問題なのはこの手紙だな。茗荷屋の茶が売れているというのは誰もがわかることだろう。しかし盗みを働くとなると話は別だ。茗荷屋が売れているのが妬《ねた》ましいのか、最近流行りの屋台泥棒なのかだ」

沙耶もそこは不思議だった。屋台泥棒が手紙を残していくというのは聞いたことはない。茗荷屋だけ特別ということになる。

まるで泥棒が何種類もいるようだった。

「この犯人はわたしたちが調べます。安心してください」

沙耶はそう言うと、屋台に戻ることにした。

月也と並んで歩く。

「こうしているのはなんだか久しぶりだな」

ここのところ音吉の家に泊まっているから、夫婦でゆっくり過ごしてはいない。

「まるで逢引《あいび》きのようだ」

「月也さんと会っているときはいつでも逢引きですよ。月也さんのほうは奉行所で過ごしてどうですか？」

「おう。あれはあれで楽しいぞ」

月也は笑顔になった。

「なんと伊藤様が食事をつくってくださるのだ」

内与力の伊藤は、料理も得意らしい。なにごともそつのない伊藤らしいともいえた。

「それでは伊藤様とお食事をされているのですね」

「うむ。今回の出来事も話している」

どうやら伊藤には何らかの目算があるらしい。もしかしたら月也は完全に囮で、茗荷屋に泥棒が入ったのは誤算なのかもしれない。

奉行所は犯罪も取り締まるが、庶民の生活を取り締まるのが仕事である。奉行所の本当の狙いは屋台の取り締まりのほうにあるのかもしれない。

ただそれなら素直に取り締まればいいので、泥棒は蛇足《だそく》だろう。

伊藤が月也に言わないのは、月也から気配が出ることを気にしているからという気がした。

いまは屋台で商売をしながら伊藤の狙いを読むことが大切に違いない。

歩いていると、梅吉が両国をふらついているのが見えた。本所からはなかなか出ないはずなのだが、あたりを気にしながらの足はこびである。

すっと屋台に立ち寄るのが見えた。

屋台といっても屋台見世のほうで、沙耶がやっている担い屋台よりは随分と立派なものだ。飲食ではなくて荒物《あらもの》を扱っているようだった。

「あら。あの人は」

沙耶は思わず声をあげた。梅吉と一緒に荒物屋にいたのは、子供たちの面倒を見ていた長屋の女であった。

二人は仲睦《なかむつ》まじく、まるで夫婦のようである。梅吉も沙耶と会ったときとは表情が違っていて、穏やかに見える。

「知っているのか？」

「梅吉さんといって、本所の岡っ引きの人です。一緒にいるのは身寄りのない子供たちの世話をしている人ですね。それにしても梅吉さんの雰囲気がまったく違います」

「どう違うのだ？」

「随分優しく見えますよ」

「好きな女といるから優しくなるのだろう。あるいは怖く見えているときのほうが芝居ということもある」

岡っ引きはこわもてでないと仕事にならない。だから姿勢としては高圧的なのが当たり前である。

しかしいまの梅吉にはそんな様子は微塵《みじん》もなかった。

「少し声をかけてみよう」

月也が言った。

「そんな。悪いですよ」

「仕事中のようには見えないからな」

そういうと月也はためらわずに歩いていった。

「なにを探しているのだ」

声をかける。

梅吉は月也に驚いたようだが、すぐに平静な様子に戻る。

「下駄ですよ。ここのは安いですからね」

「そうなのか」

「小間物屋より荒物屋のほうが安いんですよ。品は悪いですけどね。子供用の下駄なのでここで充分なんです」

「二人の子か？」

そう言うと、梅吉が顔を赤くした。女が答える。

「いえ。うちの長屋で面倒を見てる子なんですよ。あ、申しおくれましたが、わたしはとよといいます」

赤くなるのは梅吉のほうなのか、と沙耶は少々驚いた。こわもてに見えても案外純情らしい。

「何人もいるのか？」

「八人いますね。父が大家なもので」

とよは大きく息をついた。牡丹も言っていたが、身寄りのない子供の面倒を見るのは大家の仕事である。八人もいるとさぞかし大変だろう。誰かがお金を援助してくれるわけでもない。

そこまで考えて、先日の泥棒騒ぎの時、一件だけ深川で盗みがあったことを思い出した。

あれだけが不自然な場所である。もしかして、本当に泥棒は二種類いるのではないだろうか。四件の盗みを働いた本物の泥棒の他に、子供のために盗みを働いた泥棒がいるとしたらどうか。

だとすると茗荷屋で盗みを働いた泥棒はどうなのだろう。事件解明のためにも、そちらを捕まえるのが大切ということだ。

沙耶はそう思い、改めて茗荷屋のことを考えた。

梅吉たちと別れると、沙耶は月也に訊いた。

「この前の泥棒騒ぎのとき、一件だけ深川の泥棒がいましたが、その泥棒も百両盗んだのですか？」

「いや。深川だけ五両だったな」

月也が言う。

「それだけ犯人が違うということではないでしょうか」

「そうだな。それはありえる」

ならば、一件は梅吉や一緒にいたとよの仕業かもしれない。子供を育てるお金を盗んでいたのなら、足がつかなかったのもわかる。

一方、茗荷屋に入ったのは誰なのだろう。こちらの泥棒は沙耶が屋台を出してから考えついたのかもしれない。

本命は茗荷屋のほうだが、少額でも罪にならないわけではない。梅吉にいたっては殺されてしまうだろう。

「わたしは、犯人は二人以上いると思います。二人というか二種類ですね」

「一人は梅吉だと言いたいのだろう」

月也があっさりと言った。

「ご存じなのですか?」

「伊藤様がおっしゃっていた」

伊藤は早くから梅吉を疑っていたらしい。にもかかわらず見逃していたというからには、こちらもわけありなのだろう。

岡っ引きの犯罪は奉行所で扱うが、格別に能力があったら多少の犯罪は見逃してやる。今回の場合は「子供を育てる分だけの盗み」ということで見逃しているに違いない。

法とはなんぞや、という話だが、それが奉行所の現実である。今回でも、百両を盗む盗賊を捕まえることができるなら五両のほうはいい、という考えだろう。

ついでに梅吉が盗みから足を洗うことを期待しているのかもしれない。

だとするとむしろ梅吉に協力してもらうのがいい。しかしそれでも、「川越から来た人たちが泥棒」の部分は解明しきれていない。

なんだかわからないから沙耶と月也におはちが回ってきたのだから当然ともいえるが。

「糸がこんがらかってよくわからないですね」

「沙耶ならなんとかできるだろう」

月也はのんびりとした様子で言った。

「そんなに簡単ではないですよ」

「沙耶はついいてるのだろう？」

月也はそんなことを言い出した。

「つきでは解決しないですよ」

そもそも両国で店を出しても日本橋の泥棒にはつながらないのではないか。

いや。

沙耶は少し考えた。沙耶の屋台で確かにお茶のことは宣伝したが、そこから盗みにつながることはあるのだろうか。

いったいどんな人が茗荷屋に盗みに入ろうと考えるだろう。

普通に考えるとない。そういえば、寿司の出前を茗荷屋に届ける子供がいたような気がした。茗荷屋の丁稚《でっち》ではなかったろうか。

番頭は確かに盗まないだろうが、丁稚ならどうだろう。

丁稚は生活が苦しい。出来心ということもあるかもしれなかった。


沙耶は月也と別れ、屋台に戻ると改めて寿司を売ることにした。「握る」ではなくて、あくまで「売る」である。

そしてわかったのは、寿司のタネごとに客が違うということだった。共通して人気なのは海老だが、女や子供はまぐろが好きである。

それに対して男はコハダが好きであった。

「牡丹はどれが好きなの？」

「まぐろです」

牡丹がきっぱりと答える。

「コハダはわたしには塩辛すぎますよ」

沙耶もそうだ。力仕事の男性にはいいが、沙耶や牡丹には少々塩辛い。

「それにしてもどんな人が泥棒なのかしらね。茗荷屋さんに盗みに入るなんて」

「稲荷を二個ください」

子供が二人、稲荷を買いに来た。子供にとっては稲荷が一番である。

「はい、どうぞ」

子供たちが稲荷を口に入れて去っていった。どこかの店の丁稚なのだろう。同じ柄の着物を着ている。

そのときふと、子供たちの下駄が目に入った。

「下駄が綺麗ね」

沙耶が口にする。

「下駄ですか？」

「ええ。いまの子たち丁稚でしょう。それなのにずいぶん綺麗な下駄を履《は》いていたわ」

丁稚が新しい下駄を履くことはない。綺麗な服を着せる店はあっても、下駄まで世話をする店はない。

履ければいい、とみな思っていた。

だがあの子供たちの下駄は随分と綺麗である。丁稚はそもそも店の中では裸足だから、下駄の意味はほぼないのだ。

「確かに丁稚としたらおかしいですね。勝手に履いて出てきたのでしょうか」

「丁稚」

沙耶はあらためて口にした。

子供があちこち走り回っても誰も気にしない。店の中に入ったとしても悪戯《いたずら》だとしか思わないだろう。

盗賊は大人、というのは勝手な思い込みにすぎない。子供が集団で泥棒を働くなら、案外簡単に成功しそうだった。

だとすると沙耶としては子供を捕まえるということになる。子供だから許されることではないのだ。

「子供が泥棒ということはあるのかしら」

口にすると、牡丹は少し考えた。

「それはありえますが、自分たちだけで考えつくでしょうか」

「そうなの？」

「ええ。そもそも子供が泥棒をしたとなったら親もただではすまないでしょう。だから親への迷惑を考えるなら、泥棒はまずしませんね」

「親がいなかったら？」

「それでも無理です。育ててくれた人への恩を考えると。いや、そうでもないですかね」

牡丹はなにか思いついたようだった。

「丁稚たちが集まって盗賊になるというのはあるかもしれません」

「それは理由があるの？」

「丁稚といってもいろいろいますからね。仕事をしたくてなっている子もいますが、親に売られたりした子もいます。その子たちは世の中を恨んでいるかもしれません」

そういうと牡丹は溜息をついた。

「わたしもあちら側だからわかります」

「だとすると、子供たちを疑わないといけないわけね」

沙耶はさすがに困ってしまった。気持ちとしては疑いたくない。誰か悪い大人に騙されているというならまだ救いがあるのだが。

「丁稚はつらいですからね」

牡丹が肩をすくめた。

「どこが一番つらいのかしら」

「まず食事でしょうね。丁稚には給金がありませんから、お腹が減ってもなかなか買い食いはできません。手代や番頭がたまにくれる小遣いが頼りです」

「食事は出るのでしょう？」

「育ち盛りが満足するほどは出ないですよ。儲かってる店でも丁稚に対する扱いはいいものとは言えません」

確かにそれだと泥棒をしたくなる気持ちもわかる。しかしばれたらすべて終わってしまうのもわかっているだろう。

「元締めのような存在がいるのかもしれませんね」

牡丹が言う。

「それは大人なのかしら」

「子供か、かなり近しい大人でしょう。そうじゃないと子供に信用されませんから」

「それはそうね。でもどうしたらいいのでしょう」

「とりあえず捕まえましょう。このままだと罪が増えますよ」

「そうね」

「子供は視界が狭いですから。あとをつけるしかないんじゃないでしょうか」

「そうしましょう」

とはいっても沙耶では目立ちすぎる気がした。なにか目立たない方法を考えるしかない。

いや、とあらためて思う。子供騙しという言葉がある。もちろん本当の子供はわりと賢いのだが、子供なりの隙はありそうだった。

「少し考えたのだけれども」

そういって牡丹に耳打ちする。

「わたしはいいですが、沙耶様はいいのですか？　まるで本当の夫婦みたいですよ」

「いまは夫婦なんだからいいじゃない」

「わかりました」

牡丹が頷く。

「これであとは仕上げを待つだけね」

沙耶はしばらく時機を待つことにした。下駄の綺麗な丁稚が屋台に来たときが勝負である。おそらくその子がなにかの手がかりをもたらすに違いない。

二日して、子供が一人でやってきた。

「稲荷ひとつ」

注文してくる。足元を見ると新しい下駄を履いていた。

「どこの子？」

「茗荷屋です」

その子は元気に答えた。だとすると彼が泥棒の可能性があった。

「元気ね。この稲荷寿司はあげてもいいわよ」

「本当？」

子供が目を輝かせる。稲荷を食べることを想像したのか喉《のど》を鳴らした。

「そのかわりお願いがあるの」

「なに？」

「わたしたちと親子ごっこをしてもらえないかしら」

「親子ごっこ？」

「わたしたちがお父っつぁんとおっ母さんであなたが子供。手をつないで歩いてくれないかな」

沙耶が言うと、子供は少し考え込んだ。それからおずおずと首を縦に振る。

「いいよ。どうしたらいいの」

沙耶が右手、牡丹が左手を持つ。

「じゃあ帰ろうか」

そう言うと、子供は嬉しそうに歩きはじめた。

「茗荷屋さんで働いてるのよね」

「うん」

「その下駄も茗荷屋さんの？」

沙耶に言われて、子供ははっとした顔になった。

「怒らないから教えて」

優しく言うと、子供は小さく頷いた。

「長屋で借りたの」

「どこの長屋？」

「本所の」

やはり梅吉たちのところがかかわっているに違いない。

「連れていってくれる？」

子供に案内されて本所の長屋に着くと、中に入る。子供たちが五人で遊んでいたが、沙耶たちを見るといっせいに奥に逃げていった。

「大変だ。逃げて！」

叫び声がした。

子供たちがふたたび現れて、沙耶の前に立ちふさがる。

「通っちゃ駄目」

悪いことをしていたという自覚はあるのだろう。子供たちの顔は必死である。

「わたしが捕まるから」

女の子の一人が言う。彼女は他の子をかばいたいのだろう。

「これ以上罪を重ねるともっと困るのよ」

沙耶の手を握っていた子が、手に強く力を込めた。

「お腹すくのがいやなんだ」

その言葉はかなり切実である。

困っていると、奥から女が出てきた。子供たちの面倒を見ているとよである。梅吉も一緒であった。梅吉は神妙な顔をしている。

「俺が黒幕です。この女は巻き込まれただけなんだ」

梅吉が言う。

もしそうなら梅吉は殺されてしまうだろう。とよもただではすまない。だがそうしたら子供たちはどうなるのだ。

かといって見逃すことも難しい。

そのとき。

「みんないい奴だな」

月也の声がした。

振り返ると月也がいた。茗荷屋も一緒である。

「月也さん。茗荷屋さんも」

沙耶が思わず声を出した。

「待たせたな」

月也がいかにも頼もしそうに言う。

「紅藤の旦那」

梅吉が大人しく頭を下げた。

「俺だけの罪にしてやっておくんなさい」

「さて。なんのことかわからぬな。俺は泥棒など知らぬ。今日は別の用事があってやってきたのだ」

月也が言った。

茗荷屋が丁稚の方を向いた。

「竹七《たけしち》よ。わしが気がつかなかった。悪かったな」

「旦那様。すいません。お腹が減ってつい盗みを働きました」

「うむ。わかっている」

茗荷屋が頷いた。

「腹が減るのはつらいものだ。自分は儲けておいて、働いている者を飢《う》えさせるなどというのはまさに下品の極み。わしが悪かった」

どうやら茗荷屋としては事件にする気がないようだ。

「ところで百両も盗んで全部使ってしまったのですか？」

「使ったのは二両です」

とよが言った。

「それなら問題はない。気にしなくてもよいですよ」

茗荷屋が笑う。

「うむ。泥棒などいなかった」

月也が言う。

「本当にいいのですか？」

沙耶が言った。

「ああ。もともと事件にしたくないという気持ちだからな。泥棒がいないならそれが一番いいのだ。そもそも奉行所も深川のような小さな事件は取り締まりたくない」

確かにそうだ。

「それにこの二人を捕まえてしまったら子供たちはどうなるのだ。奉行所ではこの子たちの面倒を見ることはできないだろう」

月也が当然のように言った。

なにもしていない顔をしているが、今回のことでは月也も苦労したのだろう。少々顔がやつれているのがわかった。

泥棒も含めて誰も傷つけないですんだのはよかった。

そして裏で動いていたであろう月也は、それをまったく顔に出していない。そのことが沙耶にはなんだか誇らしかった。

「丁稚の待遇改善はきちんとします。この子たちに関しても、少し思うところがあるのでお金を払えるようにします。もちろん高額ではないですが」

そう言ってから丁稚の足元を見た。

「下駄くらいは買えるようにしますよ」

そして。

まずは一件落着、ということになったのであった。


「まぐろをください」

沙耶は喜久の店の屋台に声をかけた。

あれから喜久は角寿司をやめて「屋台寿司」に鞍替《くらが》えをした。

「はいな」

喜久が寿司を出してくれる。最初一個八文で売っていた寿司の大きさを半分にして二個一組で八文にしたところ、連日の大繁盛であった。

「沙耶さんの寿司を真似したら大儲けです」

喜久はほくほくである。

そしてもう一人。

大儲けしていたのは茗荷屋であった。

まず丁稚の下駄を新しいものにした。これは「丁稚にすら気を使う」ということで江戸っ子の心証が随分上がった。

そのうえで、雇った子供たちに「茗荷屋のお茶の唄」を歌って歩かせたのである。

「茗荷屋のお茶はまずいまずーい。でも料理と飲むとうまいうまーい。美味いお茶から不味いお茶までお茶はなんでも茗荷屋に」

　という唄を使った宣伝は大成功であった。

　茗荷屋はとよにもきちんと心づけを渡して、長屋の子供たちは平和になったのだった。


「誰も罪に問われなくてよかったですね」

　沙耶は夕食の用意をしながら言った。

「うむ。悪い奴がいなかったのがよかった」

　月也もほっとしたような声を出す。

「ところでどうして後ろに立っているのですか？」

「夫だからな」

　月也が少しすねたような顔をした。

「もしかして、牡丹と夫婦の真似事をしたのを気に病んでいたのですか？」

　沙耶が思わず訊く。牡丹は妹のようなものだ。月也と比べるものでは全然ない。

「それはそうだろう。俺よりも牡丹のほうが綺麗だしな」

　月也に言われて沙耶は思わず笑ってしまった。

「夫婦といっても夫はわたしですよ」

「夫婦には違いない」

「ままごとですよ」

「それはわかっているのだがな」

月也はどうにも不満らしい。牡丹に提案した時にはまったく気にした様子はなかったが、時を追うごとに心配になったのだろう。役目だと思って我慢していたのかと思うとなんだか嬉しい。嫉妬はよくないことだが、嫉妬されるのは案外悪くない。

「ありがとうございます」

「なぜ礼を言うのだ」

「月也さんのやきもちが嬉しいのです。それはともかく、料理をしてしまいますから座っていてください」

月也が行ってしまうと、沙耶は料理にとりかかった。なんとなく気分がいい。やきもちというのは度が過ぎなければ愛されている気分になる。

六月も終わりに近づいてきたから、魚は鮎《あゆ》がいい。今日の鮎は特別なもので、月也と二人の生活に戻ったときのために特別に頼んでおいたものである。

鮎は十日も酢につけておくと、骨まで柔らかくなって頭からそのまま食べられるようになる。

寿司にしてもいいのだが、飯のおかずにもすごく合う。

鮎を骨ごと薄く切ってから軽く醬油をかける。これに合わせるのはなんといっても梅干しである。

梅干しは叩いて紫蘇と混ぜる。これを鮎と食べると笑顔になるほど美味しいのだ。

鮎は月也に三匹、沙耶には一匹である。

鮎は味が淡いので、今日はすまし汁にする。薄く切った大根と梅干しを煮て出汁《だし》をとる。味つけは塩だけである。

夏の大根は辛みが強くなるが、汁ものにするとちょうどいい味わいである。

月也のところに持っていくと、月也が待ちかねたような顔をした。

「お。美味そうだ」

月也はさっそく箸を手にとる。沙耶は月也に酒をついだ。夏らしく冷やである。

月也は酒をひと口飲むと、鮎に手を伸ばした。

「柔らかいな」

いいながら骨を嚙み砕く。

「美味い」

月也の顔があまりにも美味しそうなので、沙耶も箸をつけた。

鮎の身も骨も口の中でほろりと崩れていく。酢で漬けていたわりに酢の味がするわけではない。鮎の旨みを酢が際立たせている感じはするが、表には出ない。

酢はなかなかの名脇役だと思う。

「おかわり」

月也が茶碗を突き出してきた。

「お酒を飲んでいたいのではないのですか？」

「飯のほうが美味い」

月也が真顔で言う。その顔がなんだか子供っぽくて笑ってしまった。

「なんだ？」

「いえ。こうやって月也さんと食べるご飯が一番美味しいです」

「俺もだ」

月也は大きく頷いた。それから軽く咳払いをする。

「奉行所も悪くないが、沙耶が一番だな」

「ところであのとき、ずいぶんといい頃合いに現れましたね」

沙耶は気になっていたことを言った。

「ああ。それは偶然だ」

「偶然ですか？」

「沙耶が牡丹と出かけたではないか。それも仲良く子供を挟んで歩いていただろう。その姿が気になって後をつけていたのだ」

「お役目ではなくてやきもちだったのですか？」

「すまない。つい役目を忘れてしまった」

月也が頭を下げる。

尾行していたといっても、意図があったわけではなかったらしい。

「でも茗荷屋さんと一緒だったでしょう」

「あれは茗荷屋のほうがすごいのだ。自分のところの丁稚が犯人だったら申し訳ないと、つけていたそうだぞ」

全ては月也のやきもちであったと言われると何とも言えない気分だ。しかし結果として一件落着したのだからよしとするべきだろう。

「伊藤様と話し合って上手く収めたのだと思っていました」

「それも本当だ。今回のことは何としても事件にせずに収めたいとおっしゃっていたのだ。そうでないと子供たちが可哀想だからな」

「そうですね」

「それに丁稚奉公の扱いがひどいことにも心を痛めておられた。修業が辛いのは仕方がないのだが、腹が減るというのは別の問題だからな」

確かにそうだ。仕事の技術を習う上で大変なことは仕方がないが、満足に食事ができないというのではどうにもならない。

「そういえば伊藤様の料理はどうだったのです。美味しかったですか」

沙耶が訊くと月也は渋い顔になった。

「美味しいか不味いかと言うのであれば、確かに美味しかった。しかし伊藤様は無類の蕎麦好き、うどん好きでな。夜はとにかく蕎麦かうどんなのだ」

それはご飯好きな月也にはつらかっただろう。

「俺は沙耶と夫婦でないと駄目だな」

月也はあらためて言った。

「沙耶は音吉や牡丹がいれば平気かもしれないが」

「そんなことないですよ」

沙耶は真剣に言う。

「わたしも月也さんが一番です」

少々恥ずかしいが思い切って言葉にする。

そして沙耶はあらためて鮎を口にした。


そうして変わらぬ日常に戻るかと思った沙耶であったのだが。

翌日、いつものように帰宅した月也から思わぬことを聞かされた。

今しばらく夫婦寿司の屋台を続けろという奉行所の指示である。

「わたしはかまいませんが、なぜですか？」

「筒井様や伊藤様にはなにかお考えがあるのだろう」

またこれか、と正直思わないでもないがいつものことではある。

「わかりました。早速牡丹にもお願いしてみます」

「うむ。頼んだ」

沙耶の知る限り、筒井や伊藤の判断は必ず正しい結果を導く。沙耶としては信じるのみであった。

朝のうちに牡丹の家に行き、その旨を話す。

驚いたことに二つ返事だった。

「またしばらく沙耶様と屋台ができるのですね？　嬉しいです」

「お花のお店のほうは大丈夫なの？　お客様だってたくさん待ってるのに」

「実は沙耶様と夫婦寿司をやっている間に、花の仕入れを失敗してしまいまして。次に届くのが数日後なのです」

「そうなの？　ごめんなさい、わたしのせいね」

「違います。沙耶様のせいではないです。一緒に屋台ができることが嬉しくて、つい忘れてしまっただけです。屋台、あと少しでもいいから続けたいです」

「ありがとう。明日からお願いできるかしら」

「もちろん大丈夫ですよ。屋台はまだ返していませんから。喜久さんにもお願いに行きましょう」

「牡丹、本当に助かるわ。よろしくお願いします」

「こちらこそ」

そうして次の日から、沙耶と牡丹はまた夫婦寿司の屋台を出したのである。

相変わらずの繁盛が続く中、思わぬ客が屋台を訪れた。

梅吉である。コハダの寿司を注文しつつ、沙耶の顔をちらちらと窺っている。

これは何かあるな、と思った沙耶は牡丹に声をかけた。

「少しはずしてもいいかしら」

牡丹は梅吉を見やり、頷く。

「もちろんですよ。お昼時を過ぎてお客様の数も落ち着いてきましたから」

「悪いわね、なるべく早く戻るわ」

梅吉と二人で人混みを離れ、適当な団子屋を見つけて腰をおろす。

沙耶は口を切った。

「梅吉さん、何か話があって来たのでしょう。長屋で何かあったの？」

「いいえ、違います。長屋は沙耶様のおかげでいたって平和です」

「それはよかったわ。みんな可愛いものね」

「ええ。とよも一層張り切って、頑張っています」

「それなら、今日はどうして？」

「やはりお話ししたほうがいいと思うことがありまして」

「あら、何かしら」

「先日のうどん屋、仁助のことなんですがね」

「ああ、梅吉さんは、長屋のみんなを守りたかっただけよね」

「これがそう簡単な話でもないんです」

梅吉が言った。

「俺があのうどん屋を捕まえたのは確かに半分嫌がらせです。でもあとの半分は本当に疑ったんですよ」

「どういうこと？」

沙耶が訊いた。

「川越から来て、屋台を出しているふりをしながら泥棒を働いてる奴は確かにいるんです。最初に日本橋で泥棒を働いた連中は、茗荷屋の件とはまったく別なんですよ」

そういえばそうだ。茗荷屋と深川の件は決着したが、日本橋の四件は別の事件だったということだ。

「俺は引退した身ですがね。どうにも気になったもので金吾親分には伝えてあります。あのうどん屋はやはり怪しい」

「そうなのね」

「あいつらは茗荷屋の件でけりがついたと思って安心してるんだと思います。味を占めてもう少し盗みを働くでしょう」

「それはちゃんと捕まえないといけないですね」

それにしても一体どうして同じ時期に泥棒が重なってしまうのだろう。泥棒をするにしても警戒が厳しくなってていいことはない気がした。

「みんなが警戒していたらやりにくくないのかしら」

沙耶が言うと、梅吉は首を横に振った。

「解決したとなった今が一番ゆるいと思っているはずですよ」

確かにそれはそうだ。最後に盗みをして逃げてしまえばいい。

「そうだとすると、そんなに日も経たないうちに泥棒を働くということですね」

「そうです。そして俺の勘だとやられるのは茗荷屋じゃないですかね」

茗荷屋の件は丁稚の仕業ということでカタがついている。さらなる盗みが入るなどとは思いもしないだろう。

「でも、そのためには犯人たちが、茗荷屋に泥棒が入ったということを知らないといけないでしょう。あれは表には出ていない事件なんですよ」

沙耶の言葉に梅吉は声を立てて笑った。

「揉み消されたって言っても盗みに入った奴がいるっていうのはわかってるんですから。泥棒の間ではすぐに伝わってしまいますよ」

そういうものなのか、と沙耶はなんだか納得してしまった。同心が知ることのできる話よりも、泥棒の方がずっといろんなことを知っているものなのだ。

「ではどうすればいいのでしょう」

「茗荷屋の前に寿司の屋台を出しましょう。それならお茶と寿司で商いの効果もあります。見張りもできるでしょう」

日本橋はきちんとした店舗が多いが、屋台がないわけではない。ちょっとした蕎麦屋や寿司など、飲食店はそれなりにある。

名店の多い日本橋だが、屋台で軽く食べたいという客もいるからだ。日本橋の屋台で行列などということはまずないから、平和なものである。

「茗荷屋さんに相談してみます」

沙耶は梅吉を連れて茗荷屋に相談に行った。


「もちろんかまいませんとも。というよりも大歓迎です」

茗荷屋は嬉しそうに言った。

「うちも繁盛しますからね」

「ではそうします」

「それからね、沙耶様。一つ提案なのですが、屋台をなさっている間、『夫』になりきってみてはいかがですか？」

「どういうことでしょうか」

「今は格好はいかにも『夫』ですが、口調がね。お優しい御新造の沙耶様のままではないですか」

「そうですね、口調を変えることまでは思い付きませんでした」

「牡丹さんを『妻』として従える、ちょっと力強い感じでやると、より一層真に迫るかと思いまして」

「確かにおっしゃるとおりです」

「屋台のお客様はね。半分は沙耶様の捕物を応援する人でしょう。でも残りの半分は地方からのお客ですから。きっと良いですよ」

「わかりました」

屋台の場所を移すことを、牡丹に相談する前に決めてしまったのが気になる。あとで謝っておこう。

翌日から茗荷屋の前で商売をすることにして、牡丹のところに戻った。

「おかえりなさい」

牡丹が笑顔で迎えてくれる。

「おう。ただいま」

茗荷屋の意見を受け、沙耶は屋台のために少し男っぽくしゃべることにした。なんといっても牡丹の「夫」なのである。

その様子に、牡丹は客にわからぬくらいの小さな笑みをもらした。

客が見ている前だけに素早く寿司の注文を受ける。

「いらっしゃい」

沙耶が声をかけると客がその前に列を作る。牡丹から寿司を受け取りたい客と、沙耶から寿司を受け取りたい客に分かれる。

いずれにしても女の客が多かった。

寿司としての人気は海老が一番なのだが、稲荷寿司の人気が侮れない。何人かに一人は確実に買っていく。

「明日から日本橋の茗荷屋さんの前で店を出したいのだけれどいいかな」

牡丹に声をかける。

「もちろんです、あなたのやりたい通りになさるといいですよ」

沙耶の男言葉に呼応するように、牡丹の女房ぶりは上がっていた。どこから見ても世話女房という感じである。

その様子は男にも女にも大変人気であった。

「先に言わなくて悪かったな」

「大丈夫です」

牡丹が華麗に笑う。それから客に向かって声をかけた。

「明日からしばらく、日本橋の茗荷屋さんの前で商いをします」

「そいつはいいな。日本橋なら魚屋も多いから、海老が切れることもないだろう。このお茶と食べると最高だしな」

客の一人がそう言って笑う。

寿司と一緒に飲む茗荷屋のお茶の味は、江戸っ子にもすっかり浸透したようだ。沙耶の店だけではなくあちこちの寿司屋が茗荷屋にお茶を頼んでいるらしい。

それにしても茗荷屋の前で商売をするなら泥棒は逃げてしまうような気がする。

その辺りのことは後で牡丹に相談しようと思っていた。


その頃。

月也の方は、奉行所の一室で奉行の筒井政憲《まさのり》と、内与力の伊藤桂《けい》の前に座っていた。

「女房殿は活躍しているようだな」

伊藤が声をかける。

「おかげさまで」

「女房殿のおかげでひとまずカタがついて何よりだ」

「ひとまずですか」

月也が返す。

「盗みは何件も起きているのだ。深川の一件と茗荷屋の件だけ解決したのでは数が合わないであろう」

「確かにそうですね」

「こちらの泥棒が本命なのだ。茗荷屋の丁稚などどうでも良い」

伊藤が厳しい表情を見せた。

「すると悪い連中がいるというわけですね」

「そうだ。本職の泥棒ではない。半分だけ泥棒稼業に足を突っ込んだ『半分泥棒』といった連中がいるのだ」

「半分ですか」

「そうだ。この半分というのは実にタチが悪い。本物のやくざになってしまえば上の者の抑えも利くのだが、半分だからな。好き勝手にやられてはたまったものではない」

「おっしゃる通りです」

まとめる人間がいない悪党こそタチが悪い。

「しかもこいつらは半分堅気なゆえ、堅気を利用するのだ。屋台泥棒といっても、屋台のほうは泥棒を働いていると知らないこともあるのではないか。もちろん知った上で協力している者もいるだろうがな」

確かにそうだ。盗んだ金を一旦屋台に置いておくだけなら目立つこともない。知らない間に簡単な盗人宿《ぬすびとやど》にされていることもありえる。

「それでは川越からやってきた連中の屋台が泥棒に加わっているということですか」

「全員ではないだろうが、一部はそうだろう」

伊藤は渋い顔になった。

「それではどうやって捕まえましょう」

「あの半分泥棒の連中は大概が若い。そのせいか逸《はや》り気でな。こちらが警戒しているとなるとますます盗みを働きたくなるのだ」

「左様でございますか」

「それでな、紅藤。奴らの次の狙いは茗荷屋であるとのお奉行様のご判断だ」

「そうなのですね」

「女房殿の屋台を、明日から茗荷屋の前に移してほしい」

「屋台を」

「うむ。茗荷屋の中に捕方を潜ませておく。丁稚の子供たちは泥棒が安心して入りやすいように、屋台に目を向けさせるのだ」

「かしこまりました」

泥棒が入らないようにしろというのは難しいが、入りやすいようにせよというのはそんなに難しくないような気がする。

それにしても、犯罪者になりきるわけでもない「半分泥棒」というのは厄介なものだ。捕まったら死罪だというのに気にならないのだろうか。

月也としては人生がもったいないとしか思えなかった。

沙耶の屋台に頼みに行き、事情を話す。

「はい。そのようにしてあります」

沙耶があっさりと言った。

「明日から茗荷屋さんの前に店を出しますよ」

「そうか」

なんとなく出番がなくなってしまった、と月也は少し残念な気持ちになる。

かといって落ち込みはしない。沙耶のほうが目端が利くのは当然だからだ。むしろ先回って伊藤と同じ方法にたどりつく沙耶に感心した。

「それではよろしく頼むぞ」

そう言うと月也は奉行所に戻ったのであった。

「もうすぐ屋台もおしまいなんですね」

月也の言葉を聞いた牡丹が、少し残念そうに言った。

「そうね。もう少し夫婦らしいことをしたかったわ」

沙耶が言う。

「どんなことですか？」

「牡丹のためにご飯を作ってあげて、二人で食べたかったわね」

なんだかんだいっても前は屋台が終わると音吉の家に帰ってしまっていたから、牡丹の家に行くことはなかった。

だから夫婦としてひとつ部屋にあがるということはなかったのだ。

「わたしの部屋に来てもなにもないですよ」

牡丹が照れたように言う。

「でも料理ぐらいしてあげたいわ」

沙耶としてはそのくらいしか礼をする方法がないのである。

「味噌汁に漬物くらいで充分ですよ」

「ふふ。それでは今日、なにか作りに行きましょう」

沙耶はそう言って笑った。

牡丹もいやではなさそうである。

そうして屋台を片づけると、沙耶は牡丹の家に行くことにした。

牡丹は山本町にある裏長屋のひとつに住んでいる。長屋の入り口は八百屋になっていた。もう店は閉まっていたが声をかけると売ってくれるらしい。

「こんばんは」

外から声をかけると店主が出てくる。四十がらみの恰幅のいい男だった。

「おお、あなたはあの沙耶様かい。どうしたんだい」

「野菜を売っていただきたくて」

「いいよ。今日はカタバミがいい。こいつはね、軽く茹でてから豆腐にかけるとなかなかいい味を出すんだよ」

そう言って店主はカタバミを出してくれた。小さくて可愛い草花である。

「それから大根だ。ただしこいつは辛いから気をつけてな」

そう言って渡してくれる。

「売れ残りだからお代はいいよ」

店主はそう言うと引っ込んだ。

「ありがとうございます」

沙耶は頭を下げた。

寿司に使ったまぐろと海老がある。豆腐も買ってある。今日のところは豪勢に食事ができそうだった。

「ご飯は炊かないとです」

牡丹がすまなそうに言った。江戸は朝に飯を炊く。が、牡丹は不規則なので飯はその都度炊くらしい。沙耶も臨機応変にしていた。

「炊きたてのほうが美味しいに決まっているわ」

沙耶がそう言うと、牡丹は嬉しそうに頷いた。

「そうですね」

牡丹の部屋は着物と布団、そして少しの花しかなかった。花の砂糖漬けを作る兼ね合いで、部屋の中にはその匂いが満ちている。

「いい香りの部屋ね」

「ありがとうございます」

沙耶は部屋に牡丹を待たせると料理をはじめた。

まずはまぐろと海老である。まぐろは醬油に漬かっているから味付けはいらない。そのまま刺身でも食べられるのだが、ひと手間かけたいところだ。

小鍋にまぐろと海老、そして豆腐を全部入れてしまって、軽く煮ることにする。鍋仕立てが一番である。

すぐに煮えるから、煮上がったところにカタバミをどっさりと入れる。醬油を少し足してできあがりである。旨みはまぐろと海老から勝手に出る。

そうしておいて大根をすりおろした。

夏の大根は辛い。一口食べるだけで口がひりひりする。その辛い大根にさらにすりおろした生姜を混ぜて醬油をかける。

そうするとすごく辛いのだが、暑気払いにいいのである。そのうえでご飯のおかずにも持ってこいだった。

たっぷりの大根おろしを作ると沙耶は牡丹のところに運んだ。

少しご飯を炊きすぎたかな、と思う。つい月也といるときと同じくらいの分量を炊いてしまっていた。

「どうぞ」

ご飯をよそうと、牡丹は大根おろしでまず一膳さらりと食べてしまった。

「美味しい。おかわりをお願いします」

姿は美少女でもやはり少年である。食欲は月也に負けないほどあるようだった。

「沙耶様も召し上がってください」

「ええ」

沙耶も箸をつける。なにをおいても大根おろしである。ぴりぴりする口あたりが飯には本当に合った。

そしてまぐろを食べる。寿司もいいが、慣れた今となっては軽く煮たほうが美味しい気もする。

沙耶が食べるあいだに、牡丹はおひつのご飯をすべてたいらげてしまった。

「ごちそうさまでした」

牡丹が嬉しそうに言う。

「また一緒に食べましょうね」

沙耶が言うと牡丹は力強く頷いた。

「はい」


今度こそ最後の仕上げに、泥棒を捕まえる。

翌日から沙耶は屋台の場所を茗荷屋の前に移した。寿司はもちろん飛ぶように売れ、お茶の方もどんどん売れていく。

店の前は行列でごった返していた。

その時すっと沙耶のそばに近寄る人物がいた。金吾親分である。

「梅吉に言われましてね。もう一度仁助を洗い直しましたよ、徹底的に」

「あのうどん屋さんの？」

「ええ。そしたらね、当たりでした。いまだに信じたくはないんですがね」

「どういうこと？」

「あ、ほら……来ましたぜ」

沙耶の目の端に一人の男が映った。本所で梅吉に捕らえられたうどん屋仁助である。あの時は無実だと思ったのだが。

「でも、わたしに気付くはずよ」

「いえ、あいつをよく見てくださいよ」

仁助はなんだかそわそわと落ち着かない様子だった。目を泳がせているが、周囲の様子などまったく見えていないようだ。それくらい緊張しているのがわかる。

「ちっ。あの野郎、悪にもなりきれねぇ中途半端な奴だ。俺は一旦紅藤の旦那のところに行きやす。奴を見ておいておくんなさい」

「わかったわ」

こんな様子の仁助がただの客なわけはないな、と沙耶は目の端で注視し続けた。しかしいつの間にか姿は見えなくなった。

夜になって、屋台の寿司が品切れになる頃である。

「御用だ」

と言う声がした。茗荷屋のほうからである。

同時に男たちが飛び出してくる。その一人の顔を見れば、やはり仁助である。

沙耶は男たちに向かって叫んだ。

「御用だ！」

寿司を売っている沙耶が十手を出すと、男たちの動きが止まる。

「神妙にしろ」

後ろから出てきたのは月也だ。

沙耶は泥棒の前に進み出た。

「人の迷惑も考えず好き勝手に泥棒をするなんて、まっとうに屋台を出している人たちに迷惑でしょう。大人しく捕まって反省しなさい」

沙耶に怒鳴られて、男たちもあきらめたようだった。

「すいません」

泥棒は全部で五人だった。

彼らは抵抗するわけでもなかった。そして仁助を含めた全員が、盗んだ金にほとんど手をつけることなく置いてあったのが見つかった。

どうやら地元で仕事をする資金にしようとしたらしい。

屋台を出している人々に累《るい》を及ぼさないために、奉行所はこの事件を表沙汰にはしなかった。

と言っても無罪というわけにもいかない。

男たちには、江戸には足を踏み入れないという約束をさせた上で、盗んだ金を返し、使ってしまった分は一生懸命働いて返済させることにした。

こうして本当に一件落着したのである。

「あのうどん屋はいい奴かと思ったんだがな」

月也がぼやいた。

「いい奴ではあったのでしょう。少し道を踏み外しただけです」

沙耶が言う。

「そうだよな。少し間違っただけだよな」

「はい。人を傷つけたわけでもないですからね」

「うむ」

月也は上機嫌に頷いた。

悪人よりも善人の方が多いに決まっている。だから月也の考えは間違ってはいない。しかし同心としてはもう少し疑い深いほうがいいのだろう。

だが、そこが月也のいいところだ。

沙耶はそう思ってつい笑ってしまった。

犯人を捕まえたあとでも。

うちの旦那は甘ちゃんである。

# 凶消《きようけ》しと幸運

川開きが始まってしばらくの間は、両国は毎晩がお祭りのような状態である。それに引っ張られて、深川も参拝客が増える。

自然に人の流れが多くなるのだ。地元の人間ではなく江戸の郊外など外からの人間が増えるのが特徴だ。

この時期はとにかくかりんとう売りがやかましい。深川の名物であるが、地方からの客にはかりんとうが珍しいらしい。

夏場は冬場ほどは火事の危険がないので、風烈廻りはややのんびりしている。それでも凶悪事件の捜査はしなければならない。

とはいっても火盗改めがそれらのほとんどを解決してしまうので、月也たちは散歩をしていれば事足りるという面もあった。

沙耶としては毎日月也と逢引きをしているように楽に暮らせると言ってもいい。

「人は多いが事件が少なくていいことだな」

月也が嬉しそうに言う。

「そうですね」

言いながらも、沙耶はなんとなくあたりを見回していた。意識しなくても周囲を気にする習慣が身についてしまっている。

十手を預かるのに慣れたともいえた。

きっといいことなのだろう、と思いながら歩いていると、気になる男がいた。

町人の格好をしてはいるが武士である。あるいは浪人かもしれない。どちらにしても町人に変装しているか、なりたてかである。

武士は刀を差して生活しているから、刀なしでは歩くときに姿勢がおかしくなる。左側が少し持ち上がってしまうのだ。

だから武士が変装するのはなかなか難しい。刀と同じくらいの重りを入れておかないと駄目なのである。

男は変装というよりは「町人になった」様子である。変装していると、それとなくあたりに気を使うものだが、そんな感じはない。

「町人になりたいのかな。あいつは」

月也が隣で言った。

「結婚したいのかもしれませんね」

武士が結婚するのはかなり大変だ。基本的に長男以外は結婚は難しい。幕府から拝領する屋敷も長男のもので、次男や三男はあくまで居候である。仕事もそう簡単には見つからない。というか武士の副業はそもそも難しいのである。

だから武士が町人を好きになると、町人になって結婚するしかない。

しかしこれがまた難しい。武家に育った人間が町人になじむのは大変だ。まず頭を下げることができない。

謝ることもできない。

武士は町人には高飛車になると決まっているからだ。

武士の身分を捨てたが結局はうまくいかないという人間が身を落とすのは、用心棒か盗賊の仲間と相場が決まっていた。

だから、元武士を見かけると気になってしまうのである。

「少しあとをつけてみよう」

月也が言った。

まるで火盗改めのようだ、と沙耶は少しわくわくする。不謹慎かもしれないが、ときめくのである。

　男は富岡八幡宮から洲崎弁天のほうに抜けていく。警戒はなにもしていない様子だ。

　どうやら悪いことをしているのではないらしい。

「なんだ。拍子抜けだな」

　月也が言う。

「なにをおっしゃるんですか。いいことじゃないですか」

　沙耶は思わず笑ってしまった。

「いや。当たりだ」

　月也が緊張した声を出した。

　前を歩いている男に、あきらかにごろつき風の男が並んで歩きはじめた。こちらは雰囲気からして犯罪者である。

　すぐに沙耶たちに気がついたらしい。

　慌てたように逃げていった。

「どうする」

「武士のほうに行きましょう。あとから来た人は捕まらないでしょう」

沙耶が足を速めた。

男のほうはのんびりと歩いているから、すぐに追い付くことができた。

「すいません」

沙耶が声をかけると男はこちらを向く。

「ああ。夫婦同心の」

すぐに納得したから、このあたりに住んでいるらしい。

「いまの人はどのような人ですか?」

訊くと、男は笑顔になった。

「仕事を世話してくれる人だ。いい男なのだ」

「どんな仕事ですか?」

「凶消《きようけ》し屋だ」

「それはどんなことをする仕事なの?」

名前を聞くかぎりではとてもまともには思えない。

「この手紙を適当な家に放り込んで、困っている人の悩みを聞く仕事だ」

「手紙を見せてもらってもいいかしら」

男は素直に手紙を渡した。

手紙には、「最近悪いことが続いていませんか。それは悪霊の仕業です。早く手を打たないと大変なことになります」と書いてあった。

「これをいろんな家に配ってまわるだけで、月に二分ももらえるそうだ」

男が嬉しそうに言う。

「これはどうしたものか」

月也が困った表情になる。

手紙を配る罪というものはない。だから男は罪には問われないだろう。しかしこれを見過ごすわけにもいかない。

「名前は？」

「四郎《しろう》だ。笹川《ささがわ》四郎」

その名は知らないが、下級武士なのだろう。

名前から見て四男である。

「武士なのか。浪人なのか」

「武士ですよ。旗本です」

「そうであるなら、刀はどうしたのだ」

「あんなものを差していては、武士っぽくて仕事ができないではないか」

どうやらかなりの世間知らずらしい。まともに仕事をしたことはないのだろう。

「一体どうして町人として仕事をしようと思ったのだ」

相手が旗本である以上、町奉行所の管轄ではない。月也に彼を捕まえることはできない。つまり今回の「悪い奴」はそれを利用しているということだろう。

金のない旗本に金を渡して、手先としてひっかける。

いざとなっても旗本が相手だから、奉行所には手が出せないわけだ。

なかなか気の回る相手と言うことができた。

法律に抜け道がある以上、それを利用する連中は必ずいる。

「実は、好きな女ができたのです。そうしたらその人の母親が病気になって、薬が必要だと言うのです」

「それで、この仕事はどうして見つけたのですか」

「女が見つけてくれたのだ。私に入る金は些細《ささい》だが、薬は渡してもらえるらしい」

四郎が嬉しそうに胸を張った。

どこから突っ込めばいいのかわからないくらいに騙されているようだ。

「その女性はどこで何をなさってる方なのですか」

「うむ。深川で羽織《はおり》芸者をやっている女だ。勝也《かつや》と言う」

羽織芸者。芸も売るが体も売るという芸者だ。なにかの事情で金が必要になって四郎をひっかけたのだろうか。

しかしそれならもっと金持ちを狙ったほうがいいだろう。人が良い以外に取り柄のなさそうなこの男を狙う理由がわからない。

「その人とはどのような約束をしたのですか」

「わたしが武士の身分を捨てるなら、所帯を持とうと言われたのだ」

四郎は照れたように言った。この言葉のほうには嘘はなさそうだ。

「いい女なのだろうな」

月也が言う。

「もちろんだ。真心がある」

四郎はなにやら確信があるようだ。しかし、話を聞いている分には騙されているようにしか見えない。

「いまは屋敷に住まれているのですか？」

「いや、家出中だ。兄嫁にいびられているのでな」

四郎は少し恥ずかしそうな顔をした。武士の家では長男以外は邪魔者でしかない。家に素直に住まわせてくれるのはかなり優しい対応で、たいていはつらい目に遭う。

「それは大変だな」

月也は同情した声を出した。月也は息子一人の家庭だったからなにもなかったが、兄弟がいたら問題はあったろう。

本来なら月也の両親と同居するべきなのだが、両親はさっさと隠居して郊外に引きこもっているので、珍しく沙耶と月也は二人での家庭なのである。

「では芸者さんの家にいらっしゃるのですか？」

「いや。芸者の家に男は住めないからな。勝也の知り合いの町人の家に住まわせてもらっているのだ」

「それも凶消しの関係者なのですか」

「まあ……そうかもしれないな」

一味丸ごとで四郎を抱き込むつもりなのだろうか。幸いなのは四郎のほうに悪意がなにもないことだろう。

「そこに連れていってもらってもいいか」

月也が言うと四郎は首を横に振った。

「家の場所は人に知られたくない」

それから四郎は顔を赤くした。

「一応武士だからな」

武士が町人の家に転がり込んでいるというのは外聞が悪いにも程がある。そもそも外泊というものに厳しい身分なのだ。

だからわかってしまえば家の者にも迷惑がかかる。きちんと町人の身分になってから家を出るのが筋というものだった。

それでも元武士ということになると、何かあれば実家に迷惑がかかる。なるべく大人しく生きていくしかないのだ。

一緒にいる芸者の名前がわかったのであれば、後から何とでも摑めるだろう。とりあえず今日これ以上問い詰めても意味はなさそうだった。四郎と別れ、歩きだす。

「音吉の所に行ってくれないか」

月也が言う。

「月也さんは？」

「俺は金吾のところに行く」

最近月也は金吾と仲がいい。岡っ引きが嫌いな月也だが、金吾とはうまが合うらしい。月也にとって初めての岡っ引きといえた。

「わかりました」

芸者のことであれば、音吉に聞くのが一番だ。

蛤町にある音吉の家へと足を運んだ。

「こんにちは」

声をかけると、音吉は長火鉢の後ろに座っていた。

「あら。沙耶じゃないか。どうしたんだい」

「お邪魔してもいいですか」

「この間まで住んでいたじゃないか」

音吉はくすくすと笑う。

「その節は」

沙耶は素直に頭を下げた。

「で、どうしたんだい」

「勝也さんという羽織芸者をご存じですか？」

そう言うと、音吉の顔がかすかに強張《こわば》った。

「ああ。知っているといえば知ってるね」

その言葉には、「近寄りたくない」という意味が入っているような気がした。

「どんな方なんですか？」

「どんな。どんなねえ。なんと言えばいいのかな」

音吉は考え込んだ。

「本気の勝也って言われてるよ」

「本気？」

「ああ。芸者っていうのはさ。悪い言い方だが男を掌《てのひら》の上で転がす商売だからね。そう簡単に男に対して本気になったりはしないんだ」

確かに芸者は何十人もの男と恋愛の真似事をしないといけない。いちいち本気になっていたら身がもたないのである。

「それがあの勝也っていうのはさ。いちいち本気になって身をすり減らすうえに、悪い男にひっかかったりいい男をひっかけたりと忙しいのさ。それでついた綽名《あだな》が本気の勝也、なんだよ」

音吉は勝也のことを嫌いではないようだ。ただ、困った人間だとは思っているのに違いない。

「じつは、勝也さんと恋仲だという男の人がいて」

「いつものことさ」

「その男の人が、悪い人たちに利用されているみたいなのです」

そう言うと、音吉は「いつも」とは言わずに真顔になった。

「本当かい。それはよくないね。あたしたちにも累が及ぶ」

「そうなのですか？」

「ああ。深川の芸者は本当は違法だからね。吉原芸者以外は商売は駄目なのさ。もし捕まったら吉原に売られちまうんだよ」

音吉の声は真剣だった。

「一体どんな悪事なんだい？」

「凶消し屋、というそうなんです」

沙耶は説明した。

音吉は真面目に聞き終わると、軽く舌打ちした。

「そいつはまずいね」

「まずいというのは？」

「その商売は当たる」

音吉がきっぱりと言った。

「当たるんですか」

「当たるね」

　音吉が大きく首を縦に振る。

「芸者なんてさ。意味なく悪いことが起こる商売だからね。誰でも縁起をかつぎたくなるんだ。最近悪いことが続くでしょう、なんて手紙をもらったら、起こってなくても気になるものなんだよ」

「なるほど」

「もしその手紙が芸者を狙ってるなら無事にはすまないよ」

　音吉は腕を組んだ。

「どうしたらいいのかねえ。なかなか防げないし」

「その手紙に対抗できるものがあればいいのですが」

　沙耶はそう思ってから、ふと玄祭先生のことを思い出した。

「こちらでもっといい人を立てて、凶を消したらどうでしょう」

「いい人？」

「玄祭先生です」

　沙耶の言葉に音吉の表情が輝いた。

「それはいいね。あの先生が味方してくれるならいい。深川でも名の知れた先生だからね」

相手が何を企んでいるのかわからないが、占いのようなことであるなら玄祭先生を味方に呼ぶのが良さそうな気がした。

「芸者と占いは切っても切れないからね」

音吉がため息をつく。

「占いが好きな人は多いですものね」

「あたしたちの商売はどうしても風まかせだからね。占いの結果は重要なんだ。あたしだって占いに目を通さない日はないよ」

そう考えると、凶消しというのはなかなかあくどい商売である。それに「善意でやった」と言い張ることもできる。

「いったいどんな罪になるのでしょう」

「奢侈《しゃし》禁止かねえ」

音吉が考えつつ言う。

「まあ、なんでも奢侈禁止だからね、世の中は。でもそれが深川全体に及ぶと迷惑だ。内々にとっ捕まえてしまうほうがいいね」

「他に誰に相談するのがいいんでしょう」

「誰にって」

音吉はくすくすと笑った。

「同心と十手持ちがいるんでしょう」

「それはそうですけど」

沙耶は考え込む。沙耶と月也にはよくわからない問題ではある。玄祭先生に相談するのもありだが、先日縁があったとよに聞いてみることにした。

子供をたくさんかかえているから、凶消し屋のこともなにか耳にしているかもしれない。この間の件で足を洗ったとはいえ、梅吉も元岡っ引きである。

音吉のもとを辞すると、まずは牡丹の店に足を運ぶ。牡丹のところにも様々な客がいるから、知っているかもしれない。

「こんにちは、沙耶様」

牡丹が手を振った。

「こんにちは」

挨拶すると、牡丹はさっそく沙耶のための花を用意した。

「八重桜《やえざくら》です」

「あら。この季節に?」

「うまく塩漬けにするといいんですよ」

牡丹に渡された八重桜は香りはほんのりという程度だが、口の中でなんだか美味しい感じがした。

「これは香りというよりは味ね。美味しいわ」

「ありがとうございます。ところでなにか御用ですか？」

「ええ。牡丹は凶消し屋というのを知っているかしら」

言った瞬間、あたりの空気がざわり、とした。どうやらこの界隈では有名らしい。

「沙耶様はどこでその名を知ったのですか？」

牡丹が訊いてきた。沙耶が事情を説明すると、牡丹は納得したように頷いた。

「実は、洲崎弁天の周りに幽霊が出るという噂があって、幽霊に取り憑《つ》かれると悪いことが起こるというのです。その幽霊を祓《はら》うのに凶消し屋もからんでいるそうです」

幽霊か、と沙耶は思う。洲崎弁天は海辺だから幽霊の話は尽きない。みなが不安になるのは当然といえた。

人の心の弱いところにつけ込んで商売をするのは最低である。

「凶消し屋さんはどんなことをしてくれるのかしら」

「お祓いをするのと、お札をくれます」

「いくらかかるの」

「お祓いが二分で、お札は百文です」

客の一人が言う。

「案外安いのね」

悪い人ならもっとお金をとるような気がしたが、事件というには安い。むしろ普通のお祓いのほうが高いくらいだ。

「安いほうがタチが悪いんです」

牡丹が言う。

「そうなの？」

「あきらめのつく金額ですからね。悪いことが起こるって何度も言われたらつい払ってしまうんですよ」

確かにそうだ。これが一両なら誰も払えない。しかし百文なら払ってしまうこともあるだろう。

安い値段でたくさんの人から取ったほうが儲かるということだ。

「でもそれは困るわね」

「なにが困るって、本当に祟《たた》りがあるのかわからないことです」

祟りは迷信だと言う人もいるし本物だと言う人もいる。沙耶にはわからないが、商売にしているのは嘘のほうだと思う。

「誰がやっているのか知ってるの？」

「元締めは知りませんよ。実際にやってるのはただの手足ですからね。捕まえても大したことは起きません」

確かに元締めを捕まえるしか方法はないだろう。

「元締めの居場所はわからないわよね」

「さすがにそれは無理です。岡っ引きじゃないし」

牡丹が苦笑した。

「そうね。少し他を当たってみる」

そういうと沙耶は牡丹の店をあとにした。

本所に向かう。とよの長屋にもしかしたら凶消し屋が出ているかもしれない。

長屋の近くに行くと、子供たちが三人遊んでいた。女の子ばかりである。

「あ。沙耶様だ」

子供の一人、千鶴《ちづる》という娘が沙耶に気付いた。例の一件以来沙耶の顔は子供たちに覚えられていた。

「捕まえに来たの？」

千鶴が言う。

「全然違いますよ」

言いながら長屋の中に入っていく。とよと梅吉が仲良く掃除をしているところだった。

「こんにちは。お掃除ですか？」

「沙耶様こんにちは。子供たちが楽しく過ごせるようにしたいんです」

いまは子供たちが茗荷屋の仕事で稼いでくるから、二人ともそこそこ裕福な感じがした。

「どうされたのですか？」

とよが聞いてくる。

「じつは、凶消し屋というものを探しているの。元締めを」

「ああ。あれですか」

梅吉が頷いた。

「知っているの？」

「ええ。といっても元締めは知らないですが。うまく足がつかないようにやってるんですよ。凶消しは最近の形ですね」

てくるのだろう。

「幸運屋というのもやってましたよ。とにかく細かい商売をするんです」

どうやら一定の時間が経つと商売を変えるらしい。噂になりすぎると売れなくなってくるのだろう。

「不思議なことに名前を変えるとまた売れちゃうんですよ。なんでみんなあんなのに引っかかるんでしょうね」

梅吉が不思議そうに言った。

「どうやって捕まえるといいのかしら」

「それはなかなか難しいですね」

「そうなの？」

「奴らはね。岡っ引きや同心、密偵の顔なんかを全部覚えてるんですよ。なんでもかんでも覚えている奴がいる。そのおかげで尻尾が摑めないんです」

関係者の顔を全部覚えているというのはなかなかすごい。つまり今まで一度も事件に関わったことのない人間しか役立たないということである。

「一体誰が調べればいいのでしょうね」

相手が予想しない人物に頼むしかないようだ。沙耶はふと、四郎のことを思い出した。

　ああいうのをぼんくらというのだろう。もし彼がなにか捕物をするのだとしても、まったく想像もつかない。

　あんな人をうまく使えるなら、成功するのかもしれない。

「どこを根城にしているのかもわからない？」

「洲崎弁天のあたりなのは間違いないですよ」

「少し調べてみるわね」

　洲崎弁天か、と沙耶は思う。あのあたりなら可能性はあるだろう。探すのが難しいことに変わりはないが。

　とよたちと話していると、子供たちがまとわりついてくる。

「こら。駄目でしょ」

　とよがたしなめた。

「沙耶様にこれをあげたいの」

　千鶴が花を差しだしてきた。

「あら、綺麗。露草《つゆくさ》ね」

「うん。これをつけてるといいことがあるんだって」

千鶴が笑顔でいった。

「幸運の花なのよ」

「いいわね」

答えながら、沙耶の中でなにかがひっかかった。しかしそれは全然形にならずに消えていってしまう。

その日。家に帰ったときには月也はまだいなかった。どういう形で話そうかと考える。とりあえず洲崎弁天の近くで買ってきたものを並べた。

洲崎弁天のあたりは貝がとれる。いまの時期は蛤がいい。屋台で売っていたので買ってきた。そして西瓜である。

西瓜はもちろん実も食べるが、皮もなかなか美味しいのである。この二つがあれば夕食はだいたい大丈夫である。

これに豆腐を添えれば心が豊かになるというものだ。

「ただいま」

月也が戻ってきた。

「おかえりなさい」

声をかけると料理をはじめた。

西瓜の皮を薄く切って、それらを鍋に、蛤と豆腐とともに入れる。そして味噌を入れて火にかける。これだけである。

水を入れなくても西瓜の水分で煮えていく。蛤からいい出汁が出るので、これだけでとても美味しくできあがる。

この日はあえて夕食に飯を炊く。炊き立てのご飯に鍋もの。今の時期には少々暑苦しいともいえるが、夏場でも夜はそれなりに冷える。

鍋はちょうどいいといえた。

「西瓜を鍋にしたのか」

月也は少し不思議そうな顔をした。

「これが美味しいらしいです」

沙耶も実は食べたことがない。しかしいい味になると聞いたので試してみたのである。

「どれどれ」

月也が箸をのばした。西瓜を口に入れる。

「お。美味いな」

ひょいひょいと西瓜を食べていく。

「沙耶も食べないと全部なくなってしまうぞ」

月也がからかうように言った。

「食べます」

沙耶も慌てて箸をのばす。

蛤の旨みを吸った西瓜はとても美味しい。青臭さは全然なくて、水を使わなかったぶんだけ濃縮されたような味がある。

蛤のほうも実にうまく風味が出ていた。

「おかわり」

月也が茶碗を突き出してくる。

ご飯をよそいながら沙耶は今日のことを口にした。

「元締めを見つけるのは難しそうです」

「そうか」

月也は食べながらなにか考え込んでいる。

「その商売は誰か不幸になるのかな」

そう言われると沙耶もなんとも言えない。騙されているかもしれないが不幸ではないだろう。多少の銭を失ったとしても額は知れている。

「不幸ではないと思いますが、人を騙すのはよくないです」

「そうだな」

月也はなおも考え込んでいる。不幸な人が出ないなら見逃してしまおうということだろうか。

それにしても、人を騙しての商売は罰《ばち》があたらないものか。沙耶としては釈然としないところがある。

「ところで、あの四郎という男は幸せになれるのかな」

月也が口にした。

「勝也さんという人と夫婦になりたいようですね」

「しかしその相手は、いろいろな男に惚《ほ》れてしまうようではないか」

月也が眉《まゆ》をひそめる。

確かにそんなに恋が多いのでは、四郎が本命かはわからない。四郎の片想いということも充分ありそうだった。

「あいつはいい奴そうだったからな。幸せになってほしいな」

月也は共感するところがありそうだった。なるほど、手柄をまったく立てられなかった頃の月也を彷彿《ほうふつ》とさせるものはある。

人はいいが力はないというところだろう。そのうえで勝也に捨てられでもしたら目もあてられない。

町人になってしまってから路頭に迷うのは最悪だろう。

「とにかく勝也さんという芸者に会ってみます」

「そうだな」

月也が頷く。

「凶消し屋の手伝いをすることに、先があるとは思えません」

「うん」

言いながら月也はすっかり飯をたいらげてしまった。

「俺には沙耶がいるからな」

しみじみと言う。

「いまはそれは関係ないではないですか」

思わず赤くなってしまった。

「それに月也さんはわたしがいなくても同心なのですよ」

「確かにそこは違うが、他人事には思えないのだ」

その気持ちもよくわかる。それにしてもどうすればいいのだろう。四郎は凶消し屋を手伝うことに疑問を持っているわけでもない。

「やはり人を騙しての商売は止めてみたいです」

「そうだな。捕まえるというよりは止める、だな」

月也が呟《つぶや》いた。

止める。

沙耶はふと考える。凶消し屋を止めるとしたらどうしたらいいか、である。沙耶はこれまで対抗勢力を、と思っていたが、別の方法がある気がした。

そもそもあちこちに手紙を配ったとして、現れるのが「その凶消し屋本人」である必要はない。沙耶が「凶消し」を盗んでしまうというのはどうだろう。

「わかりました。月也さん」

「なんだ」

「わたしたちで、凶消し屋を盗んでしまいましょう」

「どういうことだ？」

「四郎さんが手紙を入れているとしても、そこに凶消し屋の場所が書いてあるわけではないでしょう。あとから相手の家に行くなりするわけではないですか」

「そうだな」

「それをわたしたちで乗っ取ってしまいましょう」

月也はにやりと笑う。

「そうだな。誰も不幸にはならないだろうしな」

「とにかく勝也さんという人に会ってきます」

沙耶はきっぱりと言ったのだった。いずれにしても勝也が手がかりを持っているには違いないだろう。


翌日。

沙耶は音吉をともなって勝也のところに向かうことにしたのであった。

「羽織芸者は嫌いなんだ」

音吉は嫌そうに言った。

「ごめんなさい」

「沙耶のせいじゃないよ。それにもっというと羽織芸者のせいでもないんだ」

音吉がため息をついた。

「どういうことですか？」

「芸と一緒に体も売るっていうのは、わけありが多いのさ。自分で好きに体を売ってるなんてあまりないんだよ」

なるほど、と沙耶も思う。確かに誰かのため、というのであれば芸だけ売っていたほうがいいには決まっている。

そうでなければ最初から遊女を選ぶだろう。

芸者は固まって芸者の住む長屋にいるのだが、羽織芸者はそうではない。芸者でも遊女でもない存在なのだ。

勝也の家は山本町《やまもとちょう》にあった。

長屋の中に入ると、なんと四郎と先に顔を合わせることになった。

「どうしてですか？」

沙耶が聞くと、四郎は照れたような顔をした。

「同じ家ではないが、同じ長屋に厄介になっているのだ」

やれやれ、と沙耶は思う。驚かせることをしないでほしい。

「勝也さんはどちらですか？」

「こちらだ」

四郎は勝也の家に案内してくれた。

「音吉姐さん？」

勝也は驚いた表情になった。そして両手をついて挨拶をする。

「ご無沙汰《ぶさた》しています」

どうやら二人は知り合いのようだった。

沙耶の想像では勝也はきりっとしたやり手の女であった。しかし実際に現れた勝也は優しそうでおっとりした感じである。

「元気そうでなによりだよ」

音吉が座る。知り合いといっても音吉のほうが随分と格上のようだった。

「前の男はどうしたんだい」

「逃げられました」

「あんなに入れ込んでいたのにねえ」

それから音吉はため息をついて、三和土《たたき》で待っている四郎のほうを見た。

「あれには本気なのかい」

「本気です。所帯を持ちたいと思っています」

「じゃあなんで変な商売を紹介するんだい」

「変ではないですよ」

勝也が反論した。

「誰も不幸にしないです」

「でもまっとうな仕事ではないだろう」

「まっとうな仕事ってなんですか？」

勝也はおっとりと答える。

「芸者はまっとうですか？」

正面から言われて、音吉は少しいやそうな顔をした。

「あんたはちゃんとしてないっていうのかい」

「ちゃんとしてるというなら吉原芸者でしょう。深川芸者は粋《いき》で売るとはいっても所詮はお目こぼしじゃないですか」

けっこうきつい言葉だが、表情はあくまで優しい。

「あんたは芸者に誇りはないの？」

「ありますよ、もちろん」

勝也が胸を張った。

「でも凶消し屋もそんなに悪くないと思いませんか」

「人の心の弱いところにつけ込むのはいいこととは言えないね」

音吉がきっぱり言う。音吉の態度に、勝也はため息をついた。

「音吉姐さんがやめろと言うならやめますが。そうしたらあの人はどんな仕事をすればいいのでしょう。こう言ってはなんですが、姐さんが言うようなまっとうな仕事は見つかりそうにありません。武士だからどうしてもできることが限られますから」

そう言いながら勝也は四郎に目をやった。

四郎は困ったように目を伏せる。幕府からの仕事がないと、武士ほど役に立たない者はいない。

沙耶としても仕事を失えとは言いにくい。しかし沙耶には腹案がある。あとはそれを言い出す機会である。

「そうだね」

音吉も困った表情になる。

「すみません。芸者さんは男の人と付き合うときって、どんな人と付き合うんですか？」

沙耶が訊くと、音吉は肩をすくめた。

「旦那以外の男とのときはさ。箱屋《はこや》っていう芸者の手伝いをやってもらうかわりに養うのさ」

「箱屋って、おりんちゃんたちがやっていることですよね？」

「そうだよ。あれは本来男が一人混ざるんだ。あたしは男に世話してもらうのが嫌いだから女にしてるだけだからね」

「四郎さんは箱屋にはなれないのですか？」

「それはいやなのだ」

四郎が口を挟んできた。

「まるでひもみたいではないか」

「箱屋はひもだよ」

音吉がぴしりと言った。

「あれ。待ってください。勝也さんには箱屋はいないのですか」

「いますよ」

勝也が言った。

「その人はひもではないのですか」

「あの人とはそういう関係ではないですよ。ただ、養うというよりもお互い仕事を融通し合っているという関係ですね」

「仕事？」

「凶消し屋なんかもうちの箱屋が持ってきた仕事なのです」

沙耶と音吉は顔を見合わせた。

「それが犯人じゃないのかい」

音吉が言う。

「確かに怪しいですね」

沙耶も言った。しかしいくらなんでもそこまで単純な話ではないだろう。いずれにしても、まずは相手から仕事を奪うのが大切だった。

「とにかく所帯を持ちたいのですね」

沙耶は確認するように言った。

「もちろんですよ」

「それなら、凶を消すんじゃなくて、ちゃんと厄《やく》を祓う仕事をしましょう」

沙耶はにっこりと言ったのだった。

「厄を祓う？」

勝也が疑わしそうに言う。

「凶と言うからいけないのです」

沙耶は千鶴と話したことを思い返しつつ言う。

「幸運の花を売りましょう。そうして凶消し屋の客を奪ってしまうのです」

もしかしたら牡丹の商売仇になるのかもしれないと一瞬思ったが、牡丹は自分の客を摑んでいるから問題ないだろう。

それに牡丹はいつまでも花売りをやりたいわけではない。いまの少女姿が似合わなくなったら別の仕事をしたいらしい。

だから幸運の花売りがあってもいいだろう。

沙耶が説明すると、勝也が目を輝かせた。

「それはいいわね」

「俺にもできるのだろうか」

四郎が疑問を呈した。

「それは大丈夫です。幸運という顔をしていますよ、四郎さん」

沙耶が言った。

四郎の顔は勝也に負けずいかにもおっとりとしていて、幸運に見舞われそうだった。

「うちの箱屋にも仁義は切らないとだね」

勝也が言った。

そしてすぐさま使いを出したが、勝也の箱屋はなんと雲がくれしていたのである。

「やはり犯人だったのでしょうか」

「わかりませんね」

勝也がため息をついた。

「いずれにしても芸者はしばらくお休みです」

そう言って勝也は笑った。その笑顔はいかにも幸せそうだった。芸者を休むのが嬉しいわけではなくて、好きな相手と一緒に仕事をするのが嬉しいのだろう。

段取りの話をすると、沙耶は音吉と長屋をあとにした。花は千鶴をはじめ子供たちが届けてくれるだろう。

「幸せそうだったね」

音吉が言う。

「そうですね」

「ああ幸せそうだと、男も悪くないって気持ちになるね」

男嫌いの音吉が思わず言うほどに幸せそうだった。

音吉がわけありというからには、勝也は大変な人生だったのだろう。四郎はなにも気にせずそれを受け入れたに違いなかった。

「当たるといいね」

音吉が言う。

「当たると思いますよ」

確信を持って沙耶は答えたのだった。


そして。

沙耶の思った通りその仕事は当たった。

凶消し屋の客をすべて勝也が奪っていったのである。勝也は羽織芸者の中でもかなりの美貌を誇っていた。

だから勝也の売っている幸運の花というのは魅力的である。そして厄祓いならなんでもいい江戸っ子にとっては、凶消し屋でなくてもよかったのだ。

「これで解決でしょうか」

二人が成功しているのを見ながら、沙耶は月也に声をかけた。

「いや、まだだ。凶消し屋の連中を捕まえておこう」

月也が自信を持って言った。

「どうやってですか？」

「あの二人を見張っていればいい。かならず襲われる」

確かにそうだ。こんなことをされては黙っていられないだろう。そこを捕まえるという寸法なわけだ。

「すごいです。月也さん」

いつの間にかきちんと理屈を立てられるようになっている月也にときめいてしまう。

「伊藤様がそう言っていたのだ」

「そうですか」

少しときめきを返してもらいたくなる。

「伊藤様はこの件をどう思われているのですか」

「こんなことに奉行所の手をわずらわせるな、だ」

最近月也に回ってくるのは、裁きたくないという案件ばかりな気がする。

「でもいずれにしても捕まえましょう」

そして七日ほど勝也を見ていたある夜。

「来た」

月也が言った。

四人組が勝也に近づいていく。まだ夜中ではないし、人通りもそれなりにある。しかし刃物を持った男たちをとり押さえるのは大変だ。

やってしまえば勝ちというところだろう。

「しかしあの歩き方はなんだ。人を刺したことなどないようだぞ」

月也があきれたように言った。確かにその通りである。人を刺すのに慣れていると、腹の据《す》わった歩き方になる。饅頭《まんじゅう》を買いに行くような自然な歩き方だ。

しかし男たちはおっかなびっくりという感じだ。あれではこちらがなにもしなくても人が刺せたりはしないだろう。

「根はいい奴なのだろうな」

月也が言う。それでも覚悟は決めたらしい。

見ていると男が懐から匕首《あいくち》を抜いたのが見えた。

「沙耶、頼む」

月也に言われて、沙耶は大声をあげた。

「御用だ！」

男たちはびくっとして沙耶のほうを見た。

「御用だ！」

沙耶はもう一度叫ぶ。

月也が戦十手《いくさ》を構えるのが見えた。どうなるのだろう。沙耶は思わず見守る。が、男たちはあっけなく匕首を投げ捨てた。

同心に歯向かったら文句なく死罪だからである。

そして月也は無事に犯人を捕らえたのであった。


「幸運の花ですよー。厄除けにどうぞ」

深川に元気な声が響く。

勝也の声である。

いまではすっかり名物になった幸運の花売りであった。勝也の成功を見て真似する者もいたが、勝也の存在感が圧倒的であった。

襲ってきた男たちも、小者すぎて所払《ところばら》いで終わった。

結果として、いい夫婦ができた、という事件であった。

「よかったですね」

沙耶は月也に笑顔を向ける。

「うむ。それにしてもいい夫婦っぷりだな。少し羨ましいぞ」

月也が言う。

「わたしたちは負けてますか？」

「どうだろう」

「負けてはいないと思いますよ」

そう言いながら、沙耶は月也の腕に自分の腕をからめた。

「今度喜久さんの屋台でお寿司でも食べませんか？」

そう言うと、月也は大きく頷いた。

「酒も飲もう。たまには二人で外で飲むのもいいものだ」

それから月也は少し照れたように言った。

「俺たちのほうがいい夫婦に決まっているさ」


今晩は格別の鯵である。新鮮な魚で贅沢をしようと思ったら朝食が一番だ。

しかし夕方に獲れた鯵を飛脚《ひきやく》が運んで来る「夜鯵」というものがあって、これはとにかく新鮮なのだ。

ぴちぴちした鯵を小さめの切り身にする。

そこで生の唐辛子を取り出した。唐辛子にも旬というものがあって、この時期がまさにそれにあたる。干したものではなくて生の唐辛子は風味も香りも格段にいい。唐辛子をすりおろして味噌と混ぜる。そこに鯵の切り身を放り込んでさらに混ぜるだけで出来上がりである。

刻んだ葱をたっぷりかけるのも忘れない。

そうしておいて、今度は豆腐である。もちろんこちらにも生の唐辛子を使うのを忘れない。大根おろしに唐辛子をすって混ぜ合わせる。それを豆腐の上にかけ、卵黄を落とした。

卵白は薄焼きにして添える。

鯵も卵も贅沢だが、事件が無事に解決したお祝いであった。

そして今日は卵があるので、味噌汁は葱と卵を使う。最後に大根を拍子木に切って塩で軽く揉んだものを出した。

「今日は随分と豪勢だな」

月也が目を丸くした。

「犯人を捕まえたお祝いですよ」

「そうか。嬉しいな」

月也が顔をほころばせた。

「いい香りがする」

楽しそうに料理の香りを確かめる。

「今日は生の唐辛子なんですよ」

「それはいいな」

月也がいそいそと箸を手にとった。

まずは鰺に手をつける。どうやら気に入ったようである。あっという間にご飯を一膳たいらげた。

おかわりをよそうと、沙耶は自分でも料理に口をつけた。鰺の身にまさに唐辛子が良い刺激を与えている。生の唐辛子のいい香りと辛みが鰺の風味を引き立てていた。

豆腐は大根おろしや卵黄の上から軽く醬油をかける。ご飯のおかずにも酒のつまみにもかなりいい。薄く焼いた卵白で巻いて食べると、まさに極楽の味である。

「やはり俺たちの方がいい夫婦だな」

月也があらためて納得したような顔になった。

「どうしたのですか？」

「あちらの夫婦では、このような夕食は出ないだろうと思ったのだ。俺は沙耶の料理を食べられるだけで、他の男より何倍も得をしている」

月也が真顔で言った。

「そんなにおだてても何も出ませんよ」

沙耶が言うと、月也は声を上げて笑った。

「料理が出ているではないか」

このたわいない会話こそ幸せというものなのだろう。沙耶はそんなことを思いながら、月也が突き出してきた茶碗にご飯をよそったのだった。

りりんと、風鈴が幸せな音を出した。

○主な参考文献


『江戸の芸者』　陳奮館主人　中公文庫
『花柳風俗』　三田村鳶魚　朝倉治彦編　中公文庫
『魚鑑』　武井周作　八坂書房
『江戸買物独案内』　早稲田大学図書館古典籍総合データベース
『江戸・町づくし稿』上・中・下　岸井良衞　青蛙房
『芸者論　花柳界の記憶』　岩下尚史　文春文庫
『江戸服飾史』　金沢康隆　青蛙房
『江戸切絵図と東京名所絵』　白石つとむ編　小学館
『三田村鳶魚江戸生活事典』　三田村鳶魚　稲垣史生編　青蛙房
『洗う風俗史』　落合茂　未來社
『江戸生業物価事典』　三好一光編　青蛙房
『すらすら読む　抄訳　浮世風呂』上・下　葵ささみ　Ｋｉｎｄｌｅ版
『江戸商売図絵』　三谷一馬　中公文庫
『すし風土記』　近藤弘　毎日新聞社

本書は文庫書下ろし作品です。

|著者| 神楽坂 淳　1966年広島県生まれ。作家であり漫画原作者。多くの文献に当たって時代考証を重ね、豊富な情報を盛り込んだ作風を持ち味にしている。小説に『大正野球娘。』『三国志』『金四郎の妻ですが』『捕り物に姉が口を出してきます』『うちの宿六が十手持ちですみません』『帰蝶さまがヤバい』『ありんす国の料理人』『恋文屋さんのごほうび酒』『七代目銭形平次の嫁なんです』『醤油と洋食』などがある。


うちの旦那《だんな》が甘《あま》ちゃんで　寿司屋台編《すしやたいへん》

神楽坂《かぐらざか》 淳《あつし》



講談社文庫

定価はカバーに
表示してあります

2022年6月15日第1刷発行

KODANSHA

発行者――鈴木章一
発行所――株式会社　講談社
東京都文京区音羽2-12-21　〒112-8001
電話　出版 (03) 5395-3510
　　　販売 (03) 5395-5817
　　　業務 (03) 5395-3615

Printed in Japan

デザイン―菊地信義
本文データ制作―講談社デジタル製作
印刷―――株式会社KPSプロダクツ
製本―――株式会社国宝社



ISBN978-4-06-528445-2

# 講談社文庫刊行の辞

二十一世紀の到来を目睫に望みながら、われわれはいま、人類史上かつて例を見ない巨大な転換期をむかえようとしている。

世界も、日本も、激動の予兆に対する期待とおののきを内に蔵して、未知の時代に歩み入ろうとしている。このときにあたり、創業の人野間清治の「ナショナル・エデュケイター」への志を現代に甦らせようと意図して、われわれはここに古今の文芸作品はいうまでもなく、ひろく人文・社会・自然の諸科学から東西の名著を網羅する、新しい綜合文庫の発刊を決意した。

激動の転換期はまた断絶の時代である。われわれは戦後二十五年間の出版文化のありかたへの深い反省をこめて、この断絶の時代にあえて人間的な持続を求めようとする。いたずらに浮薄な商業主義のあだ花を追い求めることなく、長期にわたって良書に生命をあたえようとつとめるところにしか、今後の出版文化の真の繁栄はあり得ないと信じるからである。

同時にわれわれはこの綜合文庫の刊行を通じて、人文・社会・自然の諸科学が、結局人間の学にほかならないことを立証しようと願っている。かつて知識とは、「汝自身を知る」ことにつきていた。現代社会の瑣末な情報の氾濫のなかから、力強い知識の源泉を掘り起し、技術文明のただなかに、生きた人間の姿を復活させること。それこそわれわれの切なる希求である。

われわれは権威に盲従せず、俗流に媚びることなく、渾然一体となって日本の「草の根」をかたちづくる若く新しい世代の人々に、心をこめてこの新しい綜合文庫をおくり届けたい。それは知識の泉であるとともに感受性のふるさとであり、もっとも有機的に組織され、社会に開かれた万人のための大学をめざしている。大方の支援と協力を衷心より切望してやまない。

一九七一年七月

野間省一

講談社文芸文庫

藤澤清造　西村賢太 編・校訂
## 狼の吐息／愛憎一念
藤澤清造　負の小説集
解説・年譜＝西村賢太
貧苦と怨嗟を戯作精神で彩った作品群から歿後弟子・西村賢太が精選し、校訂を施す。新発見原稿を併せ、不屈を貫いた私小説家の〝負〟の意地の真髄を照射する。
ふＮ1
978-4-06-516677-2

藤澤清造　西村賢太 編
解説＝六角精児　年譜＝西村賢太

## 根津権現前より
藤澤清造随筆集
「歿後弟子」は、師の人生をなぞるかのようなその死の直前まで諸雑誌にあたり、編集・配列に意を用いていた。時空を超えた「魂の感応」の産物こそが本書である。
ふＮ2
978-4-06-528090-4

# 講談社文庫　目録

# 講談社文庫　目録

## 講談社文庫　目録



2022年3月15日現在